中国书籍文学馆
微小说卷

倒立行走

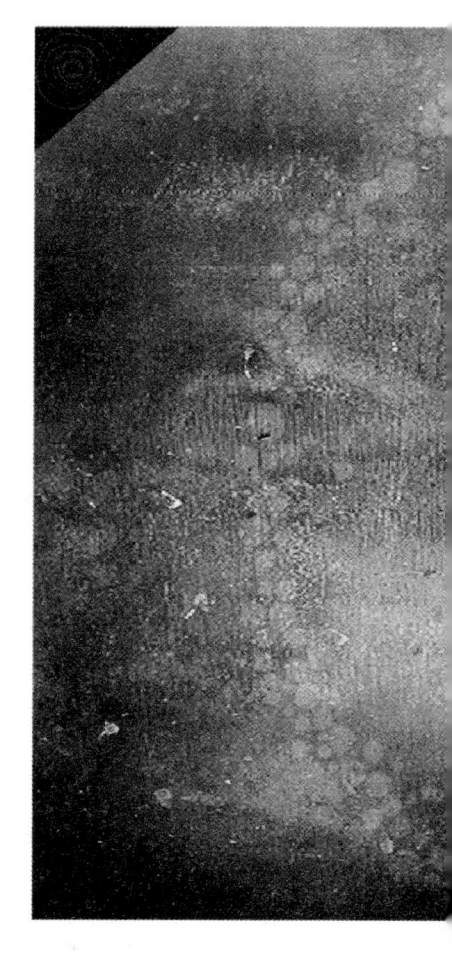

陈武 著

中国书籍出版社
China Book Press

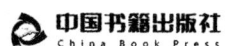

图书在版编目（CIP）数据

倒立行走/陈武著.—北京：中国书籍出版社，2013.7
ISBN 978-7-5068-3576-3

Ⅰ．①倒… Ⅱ．①陈… Ⅲ．①小小说—小说集—中国—当代 Ⅳ．① I247.8

中国版本图书馆 CIP 数据核字（2013）第 140213 号

倒立行走

陈　武　著

策划编辑	武　斌　陈　武
责任编辑	姚　兰
责任印制	孙马飞　张智勇
封面设计	红十月设计室
出版发行	中国书籍出版社
地　　址	北京市丰台区三路居路 97 号（邮编：100073）
电　　话	（010）52257143（总编室）（010）52257153（发行部）
电子邮箱	chinabp@vip.sina.com
经　　销	全国新华书店
印　　刷	北京市通州富达印刷厂
开　　本	640 毫米 ×960 毫米 1/16
字　　数	200 千字
印　　张	16.25
版　　次	2013 年 9 月第 1 版　2013 年 9 月第 1 次印刷
书　　号	ISBN 978-7-5068-3576-3
定　　价	28.00 元

版权所有　翻印必究

总 序

记得日本当代小说家阿刀田高把微小说比喻为"有礼貌"的体裁。大致意思是，读一篇优秀的微小说，在没有花费多少时间的情况下，能让读者会心一笑，或别有感触，那这篇作品就很有礼貌了。如果你花费几天甚至个把星期，读一部庸俗的长篇，恐怕就难免会为时间的浪费而感到愤懑。

我很欣赏阿刀田高的话，在读过他的四册一套的《黑色回廊》后，更觉得他是一个"有礼貌"的天才微小说大师。

目前，微小说越来越受到读者的追捧，主要原因，就是一个"短"字。短，是微小说最大的优势和特色，读者在有限的时间内，欣赏到一篇有趣的文学作品，那种愉悦和欣喜，就像喝一杯雨前龙井新芽，而且用的也是龙井泉水，入口浓香，直透肺腑，回味悠长。

但是，老实说，我对现在的微小说现状，并不甚满意，从大趋势来讲，和二十多年前相比没有什么发展，不仅形式上，就是创作技巧和思想深度方面，也鲜有突破，而且也看不出有突破的迹象。更让人忧虑的是，一些以微小说成名的作家，其作品不但迎合了报纸的需求和市场的需要，变得毫无个性和特质，还给后来者造成一种误读和假象，以为微小说就是这种模式，进而变得不思进取，不求创新，不求突破，追求的仅仅是一篇篇在各类晚报（生活类报纸）和故事类杂志的亮相，以篇数来自慰，以此在微小说界"擦亮"自己的名字，成为微小说"大家"，然后再沾沾自喜地包装几本作品集，就可以游刃有余"混迹"江湖了。

我个人觉得，微小说是一种特殊的文体（尽管有人说，微小说不是小说，就像"白马非马"的理论一样）。所谓特殊，一来它要具有小说的特性，二来在篇幅上有所限制。正是这种特殊的属性，才阻碍了微小说的发展。众所周知，微小说的主要园地，是各类报纸的副刊，而副刊是不愿意发表三千字以上小说作品的，怎么办？作家们只好削足适履，把作品压了再压，最后弄成干巴巴的小段子，或抖个包袱，或告诉一个蹩脚的"道理"，让人读后哭笑不得。可悲的是，大部分作者认为这就是微小说的"经典"，照模式进行"流水"作业。多年来，微小说，就是这样走过来的。

微小说市场之所以存在而且日益扩大，有许多大家心知肚明的原因，在此我不想多说。但作为微小说的写作者，如果一味地跟着市场转，以某篇作品作为高考试题或得个副刊的什么奖为荣，那就是悲剧了。以我接触这类副刊多年的经验，可以不客气地说，各种晚报副刊上的微小说，大都是不成熟的，或称不上是"小说"的，更谈不上福克纳所说的"我管什么读者。我引导读者"。一个好的微小说作家，他应该在遇到一个微小问题时，可以无限放大，可以敏锐地感觉到，头上被一片树叶砸中了，多年后，还会有疼痛感；而把文学意趣传递给读者的，也应该是这样的疼痛。疼痛才是经验。

鉴于此，我们推出了一套"中国书籍文学馆·微小说卷"，入选的作者，在中国微小说界都是颇有建树的名家，他们的作品，特色鲜明，个性突出，一直以来，都深受读者的喜爱。希望他们的作品，能够唤起广大读者对微小说的信心。

编　者

目 录

卷一·都市

洗　澡 / 003
垃　圾 / 007
桃花灿烂 / 011
朋　友 / 014
胡　子 / 018
香　臭 / 021
作　影 / 025
河　畔 / 029
寻找灯光 / 043
钻　戒 / 046
渔　友 / 052
"博士"恰巴 / 057
小巷里 / 061
喜　欢 / 065
场　合 / 068
电梯口的巧遇 / 070
葡萄酒 / 077
民政局长和他的女儿 / 083
伞 / 095
软卧车厢 / 099
自　杀 / 106
有　病 / 109
钥　匙 / 113

卷二·后河底街

早　晨 / 119
跑　墙 / 124
倒立行走 / 128
竹梯子 / 132
水旱鞋 / 136
偷　布 / 139
火　花 / 144
曹　头 / 148
冰　棒 / 151
杂货店里议论的事 / 164
老字号 / 168
儿　子 / 171
身　体 / 174

卷三·乡　村

小学校 / 179
陈长孺 / 183
苹果熟了 / 186
两碗面条 / 198
草爬子 / 202
一杯茶水 / 206
草莓香 / 210
女特务 / 214
一把炒米 / 227
小白鞋 / 229
跑 / 234
白　塔 / 237
月季花红 / 239
古巴糖 / 243

卷一·都市

洗 澡

卫生间又传出哗哗的水声。

哗哗的水声就是信号，告诉老顾，冬丽丝在洗澡。老顾的老婆冬丽丝（一个西化的名字），近来一反常态，喜欢在卫生间闹出动静——洗澡时，会把皮肤拍得"啪啪"响，各种容器也弄得叮叮当当。然后，一头钻进自己的空调房间，门一关，在电脑上，不是看韩剧，就是看电影，要么就在网上溜达（用她自己的话）。

老顾想不起来，他和老婆是什么时候分居的，快有一年了吧？大概是。反正从开始到过程都挺自然的。具体好像是女儿刚上大学不久后的一天，冬丽丝外出应酬，回来晚了些，洗漱完毕，嘟囔声，我累了，就钻到女儿的房间。临了，还伸出头来，对老顾说，你也早点睡。

自从女儿上大学，老顾一度也打起女儿房间的主意——搬到那间空房去，独占一间，独享清静。反正和老婆已经好几年没有那个事了，挤在一张床上，免不了皮肉碰撞，相互不但不来电，反而还别扭。但是他一直不好开口，怕老婆对他产生怀疑。毕竟，他还不到五十岁，还处在人生壮年。而老婆呢，比他小六七岁，风韵正犹存。再者呢，他和胡娜娜，多年来，还一直保持秘密关系。如果主动提出分居，弄不好引起老婆怀疑，进而跟踪，盘问，迟早会露馅。

没想到老婆识趣，自动睡到女儿房间了。

这一年来，老顾独享大房大床，自由翻身，自由思想，真是其乐无穷啊。

卫生间的门开了。

卫生间的门又重重撞上了——老顾总能感受到老婆的一举一动，就连她进了自己的房间，关上门，他都仿若亲见。

老顾便给胡娜娜发短信，告诉她，半小时以后，在芜洲绿园东门外绿地见面。

这是老顾头一次晚上八点出门。大热天的，如果没有特殊情况，谁在这时候往外跑啊。当然，如果是应酬吃饭，那是六点之前就出门的。老顾少有应酬，基本上是深居简出。毕竟自己"病休"两年了。所谓病，不过是自己的脱身之计——报社搞竞争上岗，他在主任的位上，被人顶替了，一时面子上不好看，又不愿意屈居到别的部门干一个小记者，便遵循报社惯例，拿全额工资，"病退"回家。这一两年来，他跟外界少有接触，一直躲在家里，整理他以前发表在自己版面上的那些小言论和小杂感，准备仿效鲁迅，出一本杂感集，也算是对这些年记者生涯的总结。但是，和胡娜娜的亲密关系，还一直保持着——虽然相见得有时频繁，有时疏离。总之，两人之间的度，把握甚好，既满足情感上的依托，又弥补生理上的需求。只是胡娜娜近来一反常态，频频要求和他约会——昨天下午刚刚到宾馆开过房间，今天下午又发短信。

老顾也在兴头上，当然不想错过机会了。

老顾估计冬丽丝已经收拾完毕，正躺卧在床，在电脑上溜达了。

老顾便开门到客厅，假装找东西。

客厅里真闷热啊，就像桑拿房一样。老顾看一眼一角的立柜式空调——自从女儿上了大学，客厅的大空调很少开了。老顾在饮水机上接一杯开水，顺便审视冬丽丝的房间。老婆的房间里，隐约传出英语对白声。不出所料，她又在看美国原声大片了。老顾还发现，门的底缝里，还映出一线光亮。

老顾心里暗喜。

老顾一边大声咳嗽，一边钻进卫生间，还一不小心，把卫生间的门弄得很响。然后，老顾开始大张旗鼓地洗澡了。老顾把花洒的角度调整好，让温水从头顶淋下。老顾感觉好爽啊。临了，老顾也如法炮制，把卫生间的盆盆罐罐弄得乒乒乓乓——他真希望老婆出来呵斥他一声。他也知道，老婆一看大片就入迷，不会理会他的。

老顾重新回到自己房间，开始小心收拾了。老顾从衣橱里找出干净衣服，穿整齐，还少有地戴上手表。老顾在平静一下之后，打开门——还好，一点声音都没有。又反身关门。还是没发出任何声响。老顾在穿过客厅时，步子轻得要飘起来，连空气似乎都没有流动。老顾在打开进户门时，该死的防盗门还是"呀"一声，虽然轻得还不如一个屁，也让老顾收手停顿一小会儿。老顾望着老婆的房门，确认安全后，出门了。

不消几分钟，老顾就来到芜洲绿园东门外绿地。已经先到一步的胡娜娜从树阴下冲过来，扑到他怀里。两人的接吻和抚摸像是例行公事，接下来才是迫不及待都要做的——树丛中一张休闲长椅上，两人相拥着融为一体……

你身上好香。胡娜娜说。她已经整理好衣服，满意地靠在老顾的肩窝，似乎还沉浸在刚才的欢愉里。

我洗过澡的。老顾说。老顾急于回去。毕竟他是偷溜出来的。

老顾的眼睛，不自觉望向前边的马路。

两三米远外，隔着一条绿化带，就是人行便道了。

有情侣在便道上行走。

这儿是两个路灯的结合部，灯影暗淡而迷离。那对行走的情侣停下来，紧紧相拥。

胡娜娜胳膊用用力，抵一下老顾，示意老顾看过去。老顾其实已经看到了。

我的灭蚊灵好吧？胡娜娜埋在老顾肩上轻声道，一个蚊子都没有。

老顾并没有听到胡娜娜的话。老顾的眼直了。对面人行便道上的那个女人，太面熟了，那不是老婆冬丽丝吗？

你真香。那个男人说。

我洗过澡的。冬丽丝说，老顾在家，我得赶紧回了。

老顾听了他们的对话，头脑"嗡"地炸一下。

垃　圾

　　北林在电脑上看电影。北林一口气看了十几天电影几十部片子了。这些天他像着了魔一样,不再天天玩游戏了,而是一天大半时间都盯在电脑屏幕上看电影,把脑子都看昏了。但是,他要干的几件事还记得清楚,一是把垃圾扔了,二是把地板擦一遍,三是阳台上的花该浇水了——这都是老婆交代的。

　　老婆一早上班时,再三叮嘱他,别忘了扔垃圾,别忘了擦地,别忘了浇花。

　　北林上午看的电影叫《铁皮鼓》,这部史诗巨片冗长而拖沓,不够紧凑,情节也不离奇不曲折,看得北林精疲力竭。有一段时间,北林都要昏昏欲睡了。北林只好让电影暂停,去干老婆交代的几件事情。他先是收拾了垃圾。北林家有五个垃圾筐,客厅里一个,卫生间一个,厨房一个,书房一个,还有一个在卧室里。也真是巧了,这五个垃圾筐几乎同时满了。北林手脚麻利地把垃圾袋拎出来,扎好口,一只一只拎到门空里。这样,出门时就不至于忘了。北林是经常忘了老婆交代的工作而被老婆唠叨、训斥,所以他学乖了,把容易忘了的事放在眼皮底下。当然了，北林又利用这个间隔，擦了地板，浇了花。老婆安排的事，都做了，除了地板擦得稍微马虎些外，另两件工作都可以说是尽善尽美。但是，电影实在像一杯温吞水，不看完觉得可惜，看了似乎又是浪费时间也是浪费感情。北林就一边看电影一边做点自己的事——他收拾几件衣服，准备中午到母亲那边吃午饭时，带过去洗。对了，北林中午都是到母亲那边吃饭的，老婆中午不回来，他一个人的饭不好做，就到母亲那边混一顿。衣服也顺便带过去，放在洗衣机里搅和搅和，吃完饭再带回来晾晒。

关于洗衣服，北林没少挨老婆骂。家里的洗衣机坏了十几天了，老婆让他想办法修，他也是拖拖拉拉到现在。昨天老婆洗衣服还骂了他。好在夏天都是小衣服多，老婆都用手洗了，大衣服呢，就让北林带到母亲那边洗。

北林找了自己的几件衣服，无非都是内裤汗衫什么的，胡乱塞进一只塑料袋里。北林眼一瞟，发现沙发上还有老婆的一条牛仔裤，也顺便塞到一起。

北林干完这些，离中午还有一个多小时。北林决定把《铁皮鼓》看完。德国人做事一向严谨，不会弄一部粗制滥造的垃圾影片来糊弄人吧，后边肯定有还精彩的情节。抱着这样的心态，北林自己给自己打气，泡杯云雾茶，重新坐在电脑前。

让北林不能容忍的是，这部电影真的就是一部垃圾片，典型的垃圾片，不折不扣的垃圾片。北林心情不能说糟糕透顶，至少是长时间处在后悔中，一个上午啊，都给这部破电影纠结着牵引着，真是亏大了。

北林的云雾茶也没喝出什么味儿来，他拎着门空里的几袋垃圾，下楼了。

母亲和北林住在同一个小区，扔了垃圾后，拐过一块花园，就到母亲家了。母亲知道他要来，包了好吃的素水饺，馅子是蘑菇、菜心和鸡蛋，透鲜。北林吃了一大盘。回家的路上，还想着，中午小睡一觉后，下午一定要找一部好看的电影，弥补一下上午的损失。实在找不到好片子，就继续玩游戏啦。

北林腰上的手机就是这时候响起来的。北林习惯性地看一眼号码，果然是老婆。老婆在电话里问他，垃圾扔了吗？北林油腔滑调地说，老婆大人安排的事，哪敢不完成啊。老婆又安排他另一件事，让他下午抽时间去一趟超市，买几样东西，就用她刚发的那张超市卡。老婆还告诉北林，超市卡就放在沙发上牛仔裤的口袋里。

北林接完电话，才想起来，他上午把老婆的牛仔裤塞进塑料袋，准备带到母亲那边洗的，幸亏忘了没带，不然，那张超市卡一定是洗坏了。幸亏幸亏。北林想着，觉得事情不对，便一路狂奔到家。果然出事了，那只装衣服的塑料袋不在了。

不需要准确的回忆，北林拿脚指头一想，都能推断出来，他把那只装衣服的塑料袋，当成垃圾，和那一堆装垃圾的袋子，一起扔了。

北林再一次狂奔到小区的垃圾箱边。他试图从垃圾箱里找到那只垃圾袋。但是，捡垃圾的人穿梭不停，他明知是徒劳的，也还是试了试。

北林在垃圾箱里翻找的结果，就是出了一身臭汗又弄脏了衣服，结果是一无所获。

北林坐在小区花园的条椅上，勾着头发呆，想着晚上如何在老婆那里自圆其说。本来他是想干一件好事的，不知哪根筋搭错了，把好事办砸了。北林越想越窝囊，身子也越发地瘫下去，样子就像人家随手扔到路边的垃圾。

　　北林一直坐到太阳西下了，眼看下班时间要到了，他还没有想出对付老婆的办法来。而这时候，老婆的电话偏偏又来了。老婆问他那几样食品买了吗？北林心里窝着一肚气，冲着电话，大声说，没买，买什么买啊，都是垃圾！电话那头停了一小会儿，仿佛就是小半晌，然后才是老婆的声音，那就……不买吧。

　　小区里的路灯亮起来的时候，北林还坐在那儿。他没有动窝，姿势也几乎没有变。要不是老婆找过来，他多半还是这样坐着。老婆拨动他一下，心疼地说，唉，回家啦，身上怎么弄成这样啊？

　　北林抬起头，脸上有些疲惫。他看着温情的老婆，说，明天，明天我要出去跑跑，找个工作干干，不能老让你一个人工作啊，再这样下去，我就真的成……真成垃……

桃花灿烂

小玉上午上完课,和杨力一起,坐了两个多小时的公交车,去桃花涧看桃花。

桃花的美丽,从来不是一朵花或是一棵树的力量。桃花的美丽,是成片成片的连接,一树连一树,一枝连一枝,一花连一花,满树满树的花瓣大面积地盛放或是大面积地凋零落地,那成片的红,如烟如霞,才是桃花真正的美。

小玉就喜欢这样灿烂入心的美。每年,她都要去玩一次。

这一回她拉上了杨力。杨力是电脑班上不起眼的男生,大约二十七八岁吧,猪嘴大唇的蠢相。但他沉默,他忧郁。关键是,他显得威武。小玉拉他去看桃花,可以说一点想法都没有,就是觉得他可靠。

路上因疲累,小玉有些焦躁不安,也有些口渴。她看一眼身边的杨力,看他随身的包里鼓鼓的,估计带水了。但小玉没有要他的水喝。小玉参加成人进修这两年多里,只喝一种牌子的饮料,就是名不见经传的酸枣汁。

进了桃花涧，小玉有些失望。看来来得太早了，虽然是看桃花的季节，怎奈桃花大都是一个一个红苞芽，就算高坡上个别的桃树开了花，也是一半开一半未开，而且这里一棵那里一棵，也不成气候。倒是山涧里的水，碧绿的养眼，水边的柳，也变成绿丝绦。可水有什么好看呢？还有柳树，校园的水池边早就欣赏过了。今日天气虽然很暖，走在阳光里也不觉得快乐。小玉又是个现实主义的女孩，总不能白来啊，便摆着造型，让杨力给她拍了好些照片。看了相机里回放的照片，小玉被自己吓了一跳，几乎所有的照片，都是眉头紧锁，忧愁和不快写满一脸，甚至依稀见着岁月的沧桑。怎么成了怨妇的模样？才多大啊，离三十岁还有几天呢，这是我吗？小玉真不敢相信。难道生活的一点点奔波，就可以把人变成这般模样？难道青春是如此地不堪一击？

小玉在内心里抱怨着此刻的桃花不能够给她想要的美，却无意间发现自己的美早已经在慢慢流逝，不免伤感起来。

小玉要回去，说不往里走了，涧沟越走越深，更没有桃花可看，而且，她也不想看了。

杨力说，前边就是桃花女了，见到桃花女会交好运的。

不行，我渴死了，我要去买水喝。

我包里有水。

我不喝你水，你带什么水，一块钱一瓶的纯净水吧？

不是，是酸枣汁。

耶，没想到你也喜欢酸枣汁。小玉的脸上略略地有了一丝欢喜。

小玉喝着酸枣汁，心情好了些，和杨力一起来到桃花女跟前。所谓的桃花女，实际上就是一块形状像女人造型的巨石。据传，失意中的男女，只要摸摸桃花女的后腰，就会交好运。小玉和杨力，心照不宣地，都摸了。

杨力还要给小玉拍照，小玉不肯。但还是拿出了相机，递给了杨力。

再次让小玉惊奇的是，在桃花女周围拍的这几张照片，每一张都很漂亮，都有着非同一般的气质。小玉真的从内心里满意。她高兴地说，杨力，你手艺长进啦。

杨力经不住夸，脸红了。

小玉看到了杨力的脸红，突然意识到什么，再看一眼手里的酸枣汁，惊讶地说，杨力，你……你不会爱上我了吧？

我……我，杨力嗫嚅着说，我哪敢呢。

你怎么……就知道你没那狗胆！小玉脸上笑得像盛开的桃花一样灿烂，她扭着腰，跑到高坡向阳的一棵桃树下，说，杨力，来，在这里再拍一张！

然后，他们满山遍野地跑，到处拍照。

桃花涧里的所有桃花，在他们的照片中，烟霞一样全部开放了。

朋 友

刘开权,是我以前报社的同事,喜交谊,爱喝酒,好吹牛,因友朋赠以牛(刘)皮绰号而闻名本地新闻、文艺界。关于他的段子,虽比不上拍案惊奇那样传奇,也算得上坊间笑料。比如,他到市里采访一个重要会议,回来后,必大吹:"今天和某某市长喝酒,他对我前日见报的稿子大加赞赏。"再比如,他交上一篇采访稿,一时又怕编辑不上版,会大言不惭地说:"这篇稿子,是市委宣传部刘部长亲自安排的,稿子这样写,也是刘部长亲自指示的。"

刘开权还写诗,写杂文,写小说,写散文,报纸的各个版上,都会见到他的文章。一时间,他成为横跨新闻、文艺界的名人。名人怎么会朋友少呢?在我的印象里,他的朋友不是一般的很多,而是多得连自己都不认识,恨不得全世界的人都是他的朋友。无论是在酒桌上,还是在会议中,还是在采访中,见过的,没见过的,听说的,没听说的,都是他朋友。

有一次,我应邀参加一个文艺界活动,得知他也要参加。因为曾经是同事,又因为我怕他到时语言不慎引起笑话,认识不认识的,都往身上拉，便郑重告诫他一些常识，比如朋友、熟人、同事、同学、邻里等等不同的词汇，是有不同解释的，生活中也是有轻重、远近之分的，比如曹聚仁的观点……

我话还没说完，他立即打断："啊？你说老曹啊，老朋友了，他的观点，他的观点和我交流过……他怎么说？"

我哭笑不得，只能告诉他："曹聚仁是现代文学大家，久居香港，病逝于一九七二年……"

"噢，知道，你说那个老曹啊，哈哈哈，怎么不早说你看。你这家伙，没把我当朋友啊。"

我为了进一步说明我的观点，说："我们不是朋友，我们曾经是同事。"

"就同事啊？还曾经。如果我们都不是朋友，那你有朋友吗？"

我说："有啊。"

"那，你说，我不算你朋友？"

我说："同事归同事，和朋友是两码事。"

"乖乖，你这小子……那，你有多少朋友？"

我说："熟人，文友，同事，不一样的，朋友嘛，至多也就三个半吧。"

"太少太少，我的朋友，到处都是啊，可以说遍布全市的所有领域。"刘开权得意中透出优越感，但也没忘记我要说的话，"你说的那个曹……他怎么说？"

我告诉他，曹氏对他同时代的作家都很熟的，但有一次别人提到巴金、周扬、黄源、胡风等人，曹氏很有原则地说，黄源兄和我最相熟，巴金也时常见面，却没有很深的交谊，至于胡风的印象，就很淡了……

刘开权再一次打断我的话："老曹这个人啊，就是缺少朋友……啊？你说哪个老曹？"

我无言以对了。

那天聚会，人到得差不多了，只等一个政界闻人——前政协柳主席。

刘开权一听，老毛病又发了，很自信地说："柳主席啊，他一会儿就来，刚在路上碰到我的，他老人家对我真客气，执手相谈甚欢啊。"

相熟的人只能相视一笑。

小说家李建军故意逗他道："刘老师你才来呀，刚才《星星》诗刊的美女编辑胡老师来找你——她是昨天来的，等会要赶飞机，急着要见你一面。"

刘开权得意道："胡编啊，我知道她来的，也是老朋友了。她这时候找我，肯定是关于稿子的。她在哪个包间？我得去回访一下。"

李建军随口说个包间号。

刘开权出去的当儿，政协柳主席到了。

大家落座后，准备开席。李建军说要等等刘开权，看他回来如何吹牛，如何自圆其说，因为那个胡编是子虚乌有的。

柳主席问："谁是刘开权？"

大家听了，更是哈哈大笑了。有人调侃道："他刚才还和你执手相谈甚欢的。"

"没有没有。"柳主席认真地说，"我不认识这个人。"

大家听了，更是大笑一通。刘开权就是在笑声中，进屋了。李建军问他，找到《星星》的胡编啦？

刘开权说："谈点小事，哈，就是我的一组诗要发，胡编让我改改。"

大家听了刘开权的话,都没有话了。

刘开权是我八年前在报社的同事。现在他还在报社当记者。关于他的段子,像上面这样的,多如牛毛。但很少有新意,大家都懒得讲了。

立此存照而已。

胡　子

胡子是他真实姓名。姓胡，名子。

胡子嘴上的胡子和他姓名一样有特点，像茅窝（一种芦花、草蒲和麻绳编织的鞋子），浓而密，乱而脏，每根都是弯曲的，还时不时散发出一股味道。

有人认为，胡子不像是人名，像什么呢？不好说。胡子一听就不服，跟朋友急，眼睛翻得要掉出来。如果胡子心情好时，他也会跟人解释："其实，还是习惯问题，就像孔子，老子，庄子，韩非子，还有公孙龙子什么的，像名字吗？他们照样不是大名人嘛。"他如此一讲，大家明白他的意思了。也有讨好的"女文青"附和他："将来，胡子会和那些什么子们齐名的。"胡子爱听这话，会大包大揽地说："好，你写篇稿子给我，我给你发头条。"

这么说，你就知道了，胡子是某报编辑，当然是副刊编辑了。他有个特点，只要是女的（漂亮不漂亮另有一说），他都会热情约稿，至于对方是不是作家，喜欢不喜欢写作，他就不用考虑了。如果是男的呢，一般情况下，只要请他喝顿小酒，他也会主动约稿的。

因此，在写作界，胡子的名气，就像他胡子那样，渐渐为大家所熟知，也理所当然地，当上了作协的副主席。

胡子当上副主席后，就不能光做编辑不搞创作了。胡子写诗歌、散文，也写小说。当然，由于底子薄（新闻记者出身），写出来的诗，就是短文的分行，散文像新闻，小说就是"四不像"了。但是在朋友们的夸赞下，他十分沾沾自喜，自费出一本集子，洋洋得意地寄赠给他过去的同学和朋友，还大张旗鼓地开了个新书发售会。他随身携带的包里，也随时装上几本，在酒桌上或茶社里，在各种场合，他都会拿出来，签上大名，送人。得到赠书的朋友，照例都会夸上几句，他也照例地把夸他的话，照单全收。

胡子去省城开过几次会，笔会、读书会什么的，回来后大谈他认识的名作家，口气里，和名作家是多么地相熟，还把名家的稿子发在自己的版面上。有人惊讶地说："不得了啊胡子老师，你连谁谁谁都熟啊。"胡子轻描淡写地说："他呀，我作者，小弟兄。"或者说："是啊，别看他们是什么名家，也是我朋友。"

某年某日，省作协召开换届大会，胡子也是市作协代表之一。开幕式结束后，大家纷纷上台，以大会会标为背景，拍照留念。胡子也不失时机地和省作协主席合影一张。正欲下台时，被一个声音喊住。胡子定睛一看，是三十年前的高中同学——他居然也来参加会议了。胡子早就知道，同学在学校时就是诗歌爱好者，这么多年下来，一直没有离开文学，算是个省内外小有名气的作家。老同学相见，分外亲，又是在这样特殊场合，自然要拍照留念。于是作家同学便拉着胡子，在大会会标下，拍了几张。

这下热闹了，台下开会的许多年轻作家，看这个大胡子像个名人，争着抢着和胡子合影。胡子也不客气，拿出名家派头，和上台的代表拍照。

拍完照的作家们,一时想不起来胡子是谁,便互相打听。胡子的作家同学本来不想多嘴,但被人反复问,也只好说:"他叫胡子。"对方惊讶地说:"是啊,你看他胡子,多有派啊,多像艺术家啊,他叫……"胡子的作家同学再重复一遍:"胡子。"对方若有所思地说:"胡子?胡子是谁?代表作是什么啊?"胡子的作家同学也只能实话实说:"我还不知道他写些什么。"对方似有所悟,面露不悦之色,她身边的一个女孩撇一下朱唇,小声嘀咕一声:"白浪费表情了。"

胡子终于走下台来了,他得意地对作家同学说:"没法子,他们崇拜我。"

作家同学只好附和着:"是啊,能和你这样的名家拍照,是他们的荣幸啊。"

胡子得意之情溢于言表:"这样,等会你有时间,到我房间去,我送本我的大作,给你学学。"

作家同学虽然答应着,心里已经做出另外的决定了。

会议结束,代表团回来后,胡子更是以名家自居了,特别是被与会作家代表争相合影的事,被他拿来,反复在酒桌上吹嘘、炫耀。于是,在小城,又引来新一轮的崇拜热潮。

香 臭

要过年了,收藏家老庚准备打扫卫生时,闻到一股臭味。

老庚的老婆翠花是个洁癖狂,退休前是第一人民医院的护士长,退休后到上海女儿家带小外孙,明天就要从上海回来了。老庚准备彻底把家里的卫生打扫一遍,迎接老婆从上海归来。

但是一股怪异的臭味,让老庚产生了思想负担。如果洁癖狂翠花回家闻到这股怪味,必定十分生气。翠花一生气,就会像红太狼一样揍他。翠花揍老庚不是用平底锅,也不是用鸡毛掸,而是用毛笔,老庚用来写大字的斗笔。老庚挨打倒是不怕,老婆下手也不重,打是疼来骂是爱,万一把毛笔弄坏了,那就亏大了。老庚决定找到臭味的源头,然后彻底清除,让臭味变成香味。

老庚家的房子是大房子,客厅、卧室、书房、厨房、收藏间……加在一起,大大小小有六七间。老庚只需要简单的判断,就知道臭味来自哪里了,收藏间。这让老庚稍稍有些吃惊并感到奇怪。按照老庚最初的猜想,臭味应该来自厨房,或卫生间,来自卧室也有可能。书房和收藏间是决不会有臭味的。可事情有时候往往出人意料。老庚又重新做了试验，他把所有的房间门都关起来，然后站在客厅里，放长了鼻子，到处嗅。客厅里没有臭味。老庚打开卧室，再到卧室里嗅，也没有臭味，没洗的袜子和裤头倒是有几件，但它们并没有发臭。以此类推，厨房、卫生间、饭厅等房间里都没有臭味。臭味还是出自书房和收藏间。书房的臭味稍淡，收藏间的臭味浓度最高。老庚决定从收藏间开始寻找。

老庚对于闻臭经验不足，他在退二线之前是民族宗教局的副局长，分管宗教，经常到寺院去检查工作，闻到的都是香火味。他闻香的本事是相当独到的，只要他上山，嗅几下鼻子，就能知道寺院离他有多远了。可让他闻臭，进而找到臭味的源头，实在是难为了他。但是，迫于老婆的洁癖，他也不能不找。

老庚的收藏间和书房套在一起，简单说，就是里外间，里间用来收藏他那些宝贝，外间用做书房。老庚有不少好字好画，作者都是本市的名家，也有丛林的方丈或大德高僧，就是外地的名家也不在少数。这些名家字画应该和他书房藏书是一样的，充满书香，何来臭味呢？莫非有死老鼠？不可能啊，这是三楼，几道门都是密封的，连风都进不来，何来老鼠呢？或是臭鱼烂虾？也不可能。臭鱼烂虾只能来自厨房，决然不会跑到收藏间来的。老庚可以说是翻箱倒柜，看到的都是一幅幅散发着水墨芳香的书画作品，并没有找到臭味的来源。

老庚泄了气，倒在客厅的沙发上发呆。

发呆的老庚渐渐就有些犯迷糊，想打个盹，手机响了，他也懒得接。不过他还是懒洋洋地接了电话，一听，是楚大师的。楚大师是本市首屈一指的著名画家，花鸟人物山水样样精通，泼墨工笔写意都能来几笔，还得过联合国的什么大奖，安南亲自给他发过证书。

楚大师啊，什么事？老庚没精打采地说。

干什么啦？楚大师声音一听就牛哄哄的。

在家啊，准备打扫卫生，要过年啦。

卫生什么时候不能打扫啊，过来玩玩吧，我最近画了几十张大画，都是八尺整张的精品，不少你都没见过。

我还去看啊？我都退二线了，没能力买你的画了。

不让你掏钱，就是请你来看看的，给提提意见。

好吧，我去欣赏欣赏。

老庚出门打车，来到楚大师的画院。楚大师这些年赚了不少钱，在太白涧盖了一幢别墅，名曰太白书院，自封院长。老庚还在位上时，常常到楚大师这里玩，看看他画画，听听他吹牛。楚大师的牛吹大了，说他于某年某月亲自去联合国领了大奖，还自编了不少趣闻轶事。老庚明知道纯属虚构，但听得遍数多了，居然跟真的似的，从内心里也就接受了。所以老庚每每再听时，也跟着楚大师热血沸腾，手舞足蹈，恭维楚大师道，不愧是国际书画大师啊。楚大师毕竟是国际大师，他就大骂国内书画名家，说他们的画，说好听点，就是狗屎，说不好听点，帮我提鞋子都不要。老庚也跟着附和，也把名家臭骂一通，然后再大肆吹捧一番楚大师的画，最后连楚大师画室的墨香味都不忘一通神夸。老庚嗅嗅鼻子，说，楚大师，我怎么一到你屋里，闻着这香味就舒服呢。楚大师拍一下老庚的肩，说，缘，你有书缘，画缘，和我也有缘。

这回老庚一进楚大师的画室，照例的，就嗅嗅鼻子，闻到的，依然是一阵扑鼻的墨香味，再环视一下挂满四壁的一张张大画，心里油然升起无限的敬意。老庚和往常一样，先夸墨香：呀，楚大师，我几个月没来，你画室的香味还是那么扑鼻啊，浓得不得了啊，我就喜欢闻你这里的墨香,好闻,有档次,别的画家都没有你这里的香味正宗。楚大师也不谦虚,说,那当然,我这墨里是加了猪皮胶的,不但墨色好,味也香。老庚频频点头,赞不绝口道,厉害,厉害。老庚在楚大师的画室欣赏一圈,坐了一会儿,喝了一壶龙井,想着家里的臭,想着老婆即将到达,便不敢久留,对楚大师说,我得回了,赶有时间,再来你这里闻香。楚大师也没送,只道一声,慢走,就又埋头作画了。

奇怪的是,老庚回到家里,再到收藏间找臭时,臭味突然就减弱了,再仔细闻闻,屋里原先弥漫的臭味,和楚大师画室的气味如出一辙,很舒服的一种味,这就是通常所说的书香味吧。

但是,朋友们知道的是,老庚还是没有躲过翠花的一顿"痛打"。翠花拎着老庚的大毛笔,从书房追到客厅,把老庚打倒在沙发上。翠花边打边骂道,打你这头猪,我就几个月不在家,家里给你糟蹋成什么样子了,一股烂猪屎味,你就不能收拾收拾。

不消说,翠花寻着臭味,从书房穿过,一直走到收藏间,准确无误地在一个柜子里找到一卷画。翠花把这卷画扔到老庚的脸上,说,就它臭了。老庚知道这是他花大价钱从楚大师那里买来的画,他嗅着鼻子,说,不可能啊。

作 影

老杨这些天一直不畅快。

细找一下原因,似乎是孙子那套七万多块钱的摄影装备。孙子杨小洋,一个屁都不懂的孩子,突然喜欢上摄影了。而且,昨天才说的喜欢,今天就成了专家。

老杨搞一辈子摄影。退休以后,终于把相机扔了。老杨的相机,从五十年代的海鸥四A,到六十年代的牡丹,再到七十年代的春蕾,他都玩得透熟。要说起暗房技术,他更是滔滔不绝,如数家珍。可现在没有暗房了,都什么数码了,什么傻瓜了。老杨不懂这些。也不想懂。他只知道,摄影,如今是人人都会的技术了,只要拿得动相机的,人人都成了艺术家。事实上,摄影这玩意,又实在是没有任何技术含量,就更不要说艺术了。当然,如果只是给自己的人生留个纪念,那另当别论。

老杨以一个老摄影家的经验和意识,这样想,确实有他的道理。

杨小洋对于祖父,也一直耿耿于怀。祖父干了一辈子摄影记者,各种照片发表成千上万幅。可没有一幅称得上艺术作品的,连大路货都算不上。

这爷俩之间，就常有一些摩擦。

"你把相机拿远一点，别在我面前晃。"老杨说，他坐在后院的花坛边晒太阳，身边的水磨石圆桌上，放着泡上云雾茶的紫砂杯。

小洋坐在祖父对面，他头都不抬，在豪华的摄影包里翻找，嘟囔着说："我的数据线呢？"

"什么？"

"数据线，说你也不懂。没有数据线，我怎么把相机里的片子，倒到电脑里啊？扫了几天街，再不倒出来，相机要爆了。"

"扫街？"

"爷爷，这是新名词，你不要问好不好？扫街，是一种拍摄状态，就是在大街上，逮到什么拍什么。"

"你天天不归家，拍那些烂片，有什么用？"

"什么叫烂片啊爷爷，你懂不懂艺术？我的作品，可是在许多大刊、网站上发表过的。"

"你那一套，傻瓜都会，还什么艺术？别恶心我这老头子好不好。"老杨的话很冲，几十年了，脾气不改，心气一直这么高，坚持自己观点，哪怕是自己喜欢的孙子，他也拿住原则不放。

小洋没有找到数据线，只好再跟爷爷普及一下摄影常识，顺带炫耀一下自己的摄影作品。小洋把相机拿到祖父面前："爷爷，给你看几张，这一张《竹影》，多好啊。这光线，这暗影，这色彩，啧啧啧，没治了。"

老杨看看。他什么也没看见。老杨的视力，又老花，又近视，再加上孙子拿相机的角度，他只看到一塌糊涂的一片。但是老杨耳朵不聋，他听清孙子的话了，作（竹）影。什么叫作影呢？他好容易弄懂了傻瓜，也弄懂了扫街，还有数据线、单反什么的，又来个什么作影。哦，对了，不是有作文、作曲、作画嘛，作影，可能是摄影的新说法。曲能作，画能作，文章能作，影为什么不能作？

"你的作影，我一张看不懂。小小年纪，就作这么多影，我一辈子也不过万把张。"老杨活学活用地说，"听说你出去玩一次，作影就赶上我一辈子了。"

祖父的话，小洋一时没反应过来，再一想，笑了："作影？哈哈哈，对，作影，我明天要出发了爷爷，去花果山住几天，多作些影，准备选几张参加全国展。"

说话间，小洋电话响了。小洋接电话时，不知什么事，兴奋得上蹿下跳，对着电话吼一阵笑一阵，说些老杨听不懂的话。

老杨养几只猫，还有一条叫大花的狗。猫狗有时很和谐，有时不和谐，经常没轻没重在一起玩闹。这不，大花又追赶那只小黄猫了。老杨知道大花调皮。小黄更调皮，小黄有事没事要去闹闹大花，直到被大花追得乱蹿才开心——大花追起来刹不住车。小黄也灵得很，一个拐弯儿，躲到水磨石桌子底下。大花一头撞过来，两条前腿架到石桌上。

老杨本能地要去护住相机——毕竟七万多块啊——已经晚了，大花的一只前脚，按到了相机上。老杨凭着自己一辈子的经验，感觉相机闪了一下。就是说，快门，已经被大花按下了。就是说，大花充当一回作影师了。老杨眼快手快，伸手抢过相机。还好。老杨松口气，大花没有进一步糟蹋相机。

老杨把沉甸甸的相机拿在手里。

小洋也正好接完电话，转头看到祖父拿着相机端详，笑着调皮道："爷爷要不要试试手，作影一张？"

"拿走。"老杨瞪孙子一眼。

小洋接过相机,也没看。急着要走:"爷爷你就等着吧,等我这批……这个……作影作品出来——多别扭啊——看我去全国拿个大奖给你。爷爷再见!"

老杨看着孙子风风火火走了,嘀咕道:"我还作影……呵呵,大花倒是作了一张。"

话说小洋开车到朋友家,找回数据线,把相机里的作品往电脑里倒的时候,看到一张神奇的照片。这张片子真是太出色了,拍出了油画般的效果,暗红色的底色上,几条树枝一样的影子仿佛闪电,色度是多重的。关键是,那些闪电一样的枝影,和渐渐收拢的红,遥相呼应。在景色的远方,那个人状的影子,正向遥远的天际飘拂而去,给人以多重的视角冲击。整幅作品,先锋而现代,自然而贴切。小洋惊悸了半响,对祖父真正刮目相看了——从照片自动留下的时间可以断定,正是他接电话时,祖父小试身手拍下的。

后边的故事简单了,小洋没有和朋友去花果山搞创作,而是把祖父这张作品放大,根本没做任何后期处理,向全国展投稿了。

顺理成章的,这幅作品荣获唯一的一等奖。

河 畔

少年小松头戴一顶绿色柳条编织的帽子,躲在扁担河缓缓的河坡上。他脚下临水的地方是密密匝匝的芦苇和香蒲,上方一丛翠绿的水柳正好遮住他的脑袋,左右两侧半人高的海英菜更是一道天然的屏障。

小松潜伏的地方非常隐蔽。

扁担河从城市穿城而过,一头连着运盐河,一头连着排淡河。扁担河就像一条细长的扁担,挑着城市的两条主要河流。城市的四周,或者被河流隔开的地方,都是盐田或盐沼,白茫茫一大片一大片除了水还是水,卤水,淡水,还有两合水,卤水是用来晒盐的,两合水是河水和海水混合的水,又叫阴阳水。没有水的地方就是茂密的芦苇荡,小松在那里捉过黄海蟹,捉过跳跳虎,捉过"柴喳喳"。柴喳喳这种鸟很呆,一星半点动静是不会飞走的,小松伸手就能逮到。柴喳喳很肥,逮在手里肉肉的。小松会把这些鸟拿回家,放在火炉上烤了吃。有时候呢,小松会站在运盐河边,看运盐河里长长的运盐船队,领头的小火轮冒着黑烟,拖着一船一船白花花的大盐，消失在河流的远方。

小松的哥哥大洋，就在这种小火轮上工作，他是一名舵手。小火轮的尾巴上一般都拖着十几条驳船，每条驳船上都有一个舵手。舵手就是掌舵的，在河流转弯的时候，或过桥过闸的时候，舵手非常重要，否则船帮就会刮在岸坡上或者桥墩上。大洋干这种工作时间不长，也就一年多吧，一年多干下来，脸就晒黑了。大洋的一个女同学，是小松同学郝强强的姐姐，叫郝慧慧，下放之前跑到小松家玩，说大洋黑成这样啊，干脆叫大黑算了。大洋便也不想工作了，想跟着郝慧慧一起下放，到广阔的农村去，接受贫下中农再教育。因此，这个把月里，大洋赖着不去上班了。不上班的大洋，除了隔三差五和偷跑着进城的郝慧慧一起玩，一起笑，就顺理成章地加入了革命队伍。大洋加入的队伍叫"支派"，"支派"的全称叫什么，小松问过大洋，大洋也没说清楚，好像和无产阶级专政有关。另一支革命队伍叫"反到底"。反到底据说很厉害，有大炮和机枪，后台是部队上的，大炮就架在市东煤炭公司的大院子里，四面是高高的煤山。小松跑到那里看过，没有看到大炮。煤炭公司的院墙很高，还有铁丝网，院墙里煤山更高，小松只看到好多个大大小小黑亮黑亮的煤山。而支派们没有后台，手里也只有步枪，有的还是当年缴获日本鬼子的三八大盖，火力自然不能和反到底相比了，所以每次交火都处于劣势。

今天一大早，大洋就在家里擦枪。大洋的枪是一支冲锋枪，黑漆漆的，弹夹有一尺长，小松很想摸摸，但是大洋坚决不让弟弟摸。小松跟哥哥要一颗子弹，哥哥也不给。小松只有几个"钢炮筒"，钢炮筒是孩子们对子弹壳的称呼。以前大洋也是这么叫的，现在，大洋长大了，不叫钢炮筒而叫子弹壳了，但小松还是喜欢叫钢炮筒。

小松一共有五只钢炮筒，排在一起已经有了一些规模了，但和哥哥好几盒亮闪闪的子弹相比，那就太寒碜了。当然，小松还有一堆铅头。铅头就是打出来的子弹，如果是打在石头墙上的子弹，会成为一个饼子，如果是打在土墙上，子弹就会钻进去，把它抠出来，就是一颗完整的子弹头。这些子弹头，统称铅头。

大洋不给小松摸枪，也不给小松子弹，这让小松非常失望。但是，大洋无意中透露一个重要消息，这就是，今天晚上天傍黑的时候，支派们要偷袭反到底。反到底的大本营就在煤炭公司，他们要直取反到底的大本营，缴获他们的大炮和高射机枪。小松暗暗记在心里，知道这场战斗一定很激烈，一定会有许多钢炮筒和铅头。战斗一结束，小松要在第一时间跑去捡钢炮筒，在煤炭公司的墙上挖铅头，运气好的话，还能捡到一颗完整的子弹。

小松是在吃过午饭后，悄悄溜出家门潜伏在扁担河边的。

离扁担河两三百米的地方就是煤炭公司后院长长的围墙。围墙和扁担河之间是一片野地，十多年前这里也是盐池，后来因为滩晒不方便，又因为这儿要建煤场而荒废了。有几条小河岔像鱼的触须一样伸进这片荒草野地，小河岔里长年累月停着几条逮鱼捉虾的小船，岸上也有他们临时搭建的丁头舍，在丁头舍里埋锅煮饭，抽烟喝酒，就是他们的日月了。近一阶段，可能也是觉得这里不太安全吧，几条渔船和船上人家不知在什么时候悄悄走了——反正这样的河岔，在城市的周边还有无数条，住在哪里都是一样的。

正是八月的末尾，天气还是很热，又是午后一两点钟，太阳白花花的，直直地照在小松的后背上，汗水很快就湿了衣衫，脸也捂得油黑通红。小松知道，战斗还有一阵子才能打响。但他不能等战斗要打响时才来，那样会很危险，子弹是不长眼睛的。上一次在后河底打仗，战斗双方没有一个死亡，倒是打死了一个看热闹的老汉。所以小松要早早地选一个好地方潜伏。热就热吧，不就是流一身臭汗么，等打扫完战场，跳到河里洗个澡就行了。

  一只小蟹，有指甲盖大，从他腿边的蟹洞里爬出来，爬到他的小腿肚上，他伸手一拍，抓住了，小螃蟹在他手心里挣扎几下，不动了。一只小滩虎，两三寸长，和泥土的颜色差不多，很飘逸地从河里跳上来，飞翔般地落到他的脚上，让他的脚痒痒的。他摇一下脚，小滩虎"叭嗒"跳到水里了，紧接着，河水发出一阵阵"叭嗒叭嗒"声，有好多只滩虎跳进水里，像一阵音乐。滩虎最胆小，一有动静就逃。但，河里的水好像还在歌唱，不是叭嗒声，而是撩水声。小松扭回头，看到河对岸有一个人，是个女人，有多大呢？二十岁，怕是没有吧，十八岁？小松也不知道。像小松这样的少年，对年轻女性的年龄很模糊，从十六七岁到二十五六岁，他是分不清的，只是朦胧地知道这个年龄段的女孩最好看。小松不认识她，她是瘦长脸，眉毛很浓，扎着两根辫子，和郝慧慧的辫子差不多，不长不短地搭在肩膀上；穿一件花线呢布料做的圆领小衫，一看就是自家做的那种式样，脱袖子，袖口大大的，老土老土，圆领衫是水红底子的，开满碎碎的小蓝花；腿上穿一条长裤子，说不清什么颜色，蓝的？灰的？很旧了，好像还有补丁。她正蹲在水边简易的木码头上。说是码头，其实就是几根粗棍搭的架子，一头连着岸，一头伸进水里有半米远，上面随意地横搭几根小木棍，便于涮衣洗菜。这种简易的小码头，俗称"码头嘴"，在河南岸有好几个，属于河南庄好几户人家，它们都藏在芦苇里，被旁边的蒿草掩盖，如果不是有人来洗衣淘米，没有人会注意那儿还有一个码头嘴。小松身后的这个码头嘴，似乎更小，木头也都黑乎乎的，差不多朽烂了，女孩蹲在上边,摇摇欲坠的。在她腿边,放着一只花瓷盆,花瓷盆里可能是要洗的衣服吧。此刻她并没有洗衣,而是侧着身子,伸下一只手在水里划水。河水里有许多菱角,挤挤挨挨漂满一河,她必须把这些菱角秧赶开,才好洗衣服。她划水的动作很好看,圆乎乎的胳膊一弯一弯的,那水便亮起一道白光,落在另一侧的水里。小松怕被她看见,警觉地缩缩头,忍不住还是盯着她看,虽然不认识她,也能知道她就是河南庄里的女孩。河南庄的女孩都像她这样漂亮吗?

扁担河的南岸有十几户人家,早先都是外地打鱼捉虾的渔民,时间久了,渐渐地从河道里上了岸,在沿河边垒起几间土坯房,开垦几亩滩涂地,种菜种粮,织席打网,成了固定的住户,城里人就叫这几户人家的小村落为河南庄,河南岸的小村庄之意。这河南庄虽然和城市只一河之隔,其实和城里居民相差甚远,他们是典型的农村,过着农耕生活。但由于又和城市相距太近,又有许多人在城市里做工,分布在纱厂、麻纺厂、百货公司、汽车站、粮管所等不同的单位,和城里又有着扯不开的瓜葛,比如有的人家的孩子,就到了城市的学校来读书。小松所在的前滩小学,就有好几个是河南庄的,他们上学要绕很远的路,一直绕到西边的石板桥,才可以走到尘土飞扬的红星路上,然后从红星路拐到解放路,走一段才是前滩小学所在的民主路。这个洗衣的女孩是谁的姐姐呢?抑或她也在某所中学读书?小松真的没见过她。

小松以为,她撩一阵水,把那些菱秧赶开,就会洗衣服的。可她并没有洗衣服,而是东张张,西望望,又回头,踮着脚尖,透过密密的芦苇,向村子里张望几眼。在确认安全以后,迅速地脱了圆领衫。

小松的眼前，是从未见过的女孩的身体，水嫩的肌肤，一双小小的乳房，感觉很结实吧，腰是那样地细，小肚皮圆鼓鼓的。小松眼睛里闪着金花，他下意识地躲开了目光，把头埋在草窝里，猛烈的心跳似乎要把地上撞个大窟窿，怎么也平静不下来，以为那女孩必定也看到他了。这样的躲了几分钟，也许只有几秒钟，又悄悄抬起头，害怕地望过去。让小松更为惊异的是，女孩已经脱去了长裤，只穿一件白内裤，坐到了木码头上，丰满而长长的腿，已经伸到水里了，正拿着一条毛巾往身上撩水。扁担河只有两三丈宽，小松清晰地看清女孩身上的每一寸肌肤，包括她黑黑的腋毛和粉色的乳晕。小松不敢再看，再一次把头埋了下来。就在这时候，小松感觉天色暗了一下，小松一瞄眼，看到不远处煤炭公司的墙头上，跳下来一个人，是个男人，穿一身洗白了的黄军装。他跳下来之后，整了整衣服，回头望一眼高大的围墙，似乎不相信自己能从这么高的墙头上爬出来。他是干什么的呢？小松想，他可千万别到河边来啊，这儿有女孩在洗澡呢。但是，这个家伙好像故意跟小松作对似的，不但往河边走来，还是猫着腰一路跑来的。他速度很快，像一条猎狗，或者一条野狐，三步并着两步，很快窜到河边了。小松心里那个急啊，恨不得告诉河对岸的女孩，让她快快躲起来，或快快穿上衣服。但小松不能说话，他一说话，说明他也看到她了，他就成了名副其实的小流氓。他不敢，他也不想当流氓。他仇恨一样地盯着上游百把米远的陌生男人，那个男人显然也看到洗澡的女孩了，他惊讶地张圆了嘴，猫着腰，悄悄地钻进河里。他没有把河水弄出一点声音，仿佛跟河水密谋好似的，仿佛他们是一丘之貉。这个男人狡猾地抓一把菱秧盖到头上，把身体缩在水里，悄悄向女孩接近。其实，如果女孩稍微留心，是能够发现他的，那一团怪异的菱秧，像一个掉到河里的喜鹊窝。河里怎么会有喜鹊窝呢？可女孩太专注自己洗澡了，完全没有发现身边的大色狼，大流氓。

一切都在这个男人的计划之内——他无限接近了女孩。女孩浑然不觉咫尺之内竟有一个男人在偷窥她，她依然快乐地往身上撩水，她两条拖在水里的长腿轻轻摆动。小松想救她，可又无能为力，心里大骂那个男人水鬼，水鬼！

水鬼没有继续作怪，他在女孩穿好衣服的同时，突然从水里冒出头来。

女孩遭到突然的袭击，失声惊叫起来，声音都失了真，嘶哑而凄惨，仿佛她真的遇到了水鬼，仿佛已经被水鬼拉到了水里，掏去了心脏。

但是女孩遇到的毕竟不是水鬼，他是一个人，一个真实的男人，他是从煤炭公司的墙头上跳下来的家伙，这个家伙头上顶着的菱秧上还滴着水。他正嘿嘿地傻笑。

女孩背对着水鬼，呼哧呼哧地喘气，然后，跺一下脚，骂道，你死吧！

女孩端起花瓷盆，恨恨地走了。

小艾，小艾……

女孩叫小艾，小松听到男人喊她小艾。

莫非他们认识？小松拿不准。小松只看到那个男人呆呆地从河里爬上来，站在码头嘴上，向隔着芦苇的村子里傻望。显然的，男人还不敢往村里去，他是怕小艾的哥哥吗？还是怕他家的狗？小艾有哥哥吗？在城市里，好像每一个漂亮女孩都有一个强壮的哥哥。对，她家一定有一条大黄狗，很凶的狗。他要是敢去，大黄狗就把他扑倒在地，撕撕吃了。

小松真的恨死了他。

这个浑身淋水的男人又扑通一声跳进河里，游到北岸，爬上来，真的就像一只落汤鸡了。他抹着脸上的水，甩甩头，仰着脸，对着天空"啊"了一声，又得意地笑了。小松离他只有几步远，他的笑让小松非常地恶心。但小松认出他来了，这不是郝强强的哥哥郝军军吗？郝强强有一个哥哥和一个姐姐，在城东地区非常的有名，郝军军凶狠，霸道，拿着杀猪刀满街追过人。而他姐姐善良温柔，是个几条街闻名的大美女。郝军军从小松的身边走过了，他深一脚浅一脚地走到煤炭公司的围墙边，突然疯狂地助跑，小松看到，他居然在围墙上噌噌跑了好几步，双手撑在围墙的顶端，身体一蹿，像一条蚂蟥一样爬上了围墙。小松吸了一口气，暗暗佩服这家伙武艺高强。但是小松没有忘记他刚才的丑态，他拿手指当枪，瞄准郝军军一连开了几枪，嘴里说，打死你打死你打死你！

小松期待的发生在煤炭公司的战斗没有打响。他在河岸边整整潜伏了一个下午，也没有打仗的迹象，他头上的柳条帽都被太阳晒蔫了，他腿上也被蚊子咬肿了。

现在，天都黑了好一会儿了，不会再有战斗了。小松从草窝里爬起来，伸了伸腿，然后，望向黑暗中的河南庄。影影绰绰的河南庄没有一点动静，零星的灯光似乎很遥远地闪烁着。小松心里异常地难过，他不知道那个叫小艾的女孩现在怎么样了，她会不会自杀呢？她一定在家哭了。

单纯的少年小松，在某年夏天的下午，被一个女孩的美丽和圣洁迷住了。

小松郁郁不乐地回到家中。哥哥光着上身正在院子里乘凉，看到小松回来了，训斥道，你在哪里疯的？一个下午没见你人影！

小松没理他，回到自己的房间。小松拿出那五枚钢炮筒，对着院子大声说道，郝军军是反到底的！

我管他！大洋声音嗡嗡的，栽到我手里我照样毙了他！

院外响起清脆的自行车铃声。大洋条件反射一样地冲出去了。大洋在冲出去之前，没忘对小松说，别动我的枪啊，要实行军管，马上要收枪了。

我爱动你破枪！小松小声嘟囔着，站到窗口，他看到窗外的巷口里，昏黄的路灯下，郝慧慧骑着一辆长征牌自行车向民主路方向骑去，大洋在后边几步追上她，屁股一歪，坐到后座上，胳膊一弯揽住了郝慧慧的腰。小松还在嘟囔，郝军军是反到底的……

第二天，小松早早就来到扁担河边。小松站在北岸，他看到河水上涨了很多，差不多要把南岸的简易木码头淹没了。小松找到他昨天潜伏的地方，如果他继续在这里潜伏，他的腿就要伸到水里了。小松没有潜伏。哥哥说了，马上要实行军管了，枪都要收回去了，估计在煤炭公司的战斗不会打响了。但是，战斗对小松来说已经无关紧要。紧要的，他要来看看那个女孩，对，她叫小艾，她昨天洗澡被郝军军那个大流氓看到了，她会不会因此而寻短见呢？河水上涨了，淹死一个人轻轻巧巧不费吹灰之力啊。

小松没有看到小艾。对面临水的码头嘴上也不见小艾一丝的踪迹。小松心里既悲伤又失落。小松折一根芦苇，站在河边挑菱秧。青嫩嫩的菱秧上结了好多菱角，可以吃了。小松摘几枚菱角，剥开来，咬一口洁白的米子，鲜甜。

嗨，谁让你来的？

是一个女孩清脆的声音，悦耳，动听。小松心里猛地一惊，他看到小艾端着一只花瓷盆站在木码头上，阳光照在她明亮的脸上，嘴角微微地向两腮牵引，鼻尖上有细密的汗珠，她对于眼前这位陌生少年的闯入似乎有些不高兴。

你没看到河水在上涨吗？捞菱角，多危险啊。

她穿一条白裙子白圆领衫，脚上白色塑料凉鞋已经漫上了水，亭亭的就像一枝刚出水的白荷。小松望着她，说，真好……

你说什么？

我说真好……你还活着。小松说完，脸红了，他知道不该这样说，可还能说什么呢？

她笑了，牙齿是玉色的。她说，你说话真好玩……不过你不能在那里玩，你怎么会在那里玩呢？那里……有什么好玩的？你应该回家，要开学了……

你也念书吗？

我呀……嘻嘻，不告诉你，这是大人的事。她蹲下来，开始洗衣。由于木码头上已经漫上了水，她把裙子撩一下，挽在腿弯里。她洗的衣服很少，只有两三件吧，似乎就是昨天那件蓝花的圆领衫。

你一个人从城里跑出来，大人不找吗？她一边搓衣服一边说。

小松觉得她是要赶他走。小松不想走。小松说，我知道你叫小艾。

小艾抬起头来，这回笑得更灿烂了，是么？你怎么知道的？

我不告诉你。小松把钢炮筒拿在手里，互相碰撞着，发出金属的声音。

你手里是什么？

钢炮筒，你有吗？

那叫子弹壳，还钢炮筒，老土，好玩吗？

好玩。

你等着，我回家给你拿。小艾在水里淘着衣服，三下两下的。小艾的手很利索，衣服在水里漂来漂去又不离手。小艾把衣服拧干了，端起盆，说，你等着啊，我给你拿子弹壳。

她有钢炮筒。小松心里想，她怎么会有钢炮筒呢？

片刻之后，也就两三分钟吧，小艾来了，她是跑着来的。她两只手里捧着一个牛皮纸纸包，那纸包沉甸甸的。小松心跳在加快，真的是钢炮筒吗？那么多。

嗨，怎么样，扔给你行吗？

你扔不动啊。

我一个一个扔。

好。

可是，你得答应我，你拿了子弹壳，下次不来了，行吗？

小松不知道她为什么不想他来，但钢炮筒暂时的诱惑，还是让他点了点头。

说话算数？

小松又点点头。

不算数不是中国人？

小松还是点头。

小艾打开纸包，把钢炮筒一个一个扔过了河。小艾的力气使得不均匀，有大有小，钢炮筒也就很分散地散落在河对岸的草丛里。小艾说，一共三十二个。你慢慢捡啊，我要回家了，捡好你也回家，别在那儿玩啊，危险的，啊，听话。

小松在草丛里捡钢炮筒。小艾在木码头上看了一会儿，看他每找到一颗钢炮筒那快乐开心的样子，心里也笑笑的。她就是这样笑笑地离开了河南岸。临走的时候，她望一眼不远处煤炭公司的大院，望一眼那高高的煤山，心里忽然又怅然若失起来。

但是，小松没有找齐三十二枚钢炮筒，他只找到二十八枚。还有四枚钢炮筒不知道哪儿去了。小松一棵草一棵草地扒拉，一个水汪一个水汪地摸，甚至连螃蟹窟里都找遍了，还是没有找到。他一边找一边向南岸望去，希望小艾能再出现，告诉他钢炮筒可能藏在哪里。可小艾没有再来，她家里可能有事了，赶鸭子啊，喂猪啊，或者做手工，乡下的女孩肯定会有好多事的。就这样，一直到近午时分，钢炮筒还是差四枚，小艾也没再出现。小松既开心又遗憾地回家了。

一连两天，小松都继续来到扁担河北岸。他没有遵守自己的承诺。那遗落在草丛水汪里的子弹壳固然让他惦记，但最主要的，还是想看看小艾。或者说，他是不想让小艾再让郝军军欺负。郝军军肯定还会来欺负小艾的。小松就是这样想的。小松还想，郝军军再来，他就大声通知小艾，只要小艾不是在洗澡，他就让小艾快跑。因此，小松再次来到这儿，都和第一次一样，是潜伏的，是戴着柳条帽躲在水柳丛里的，水柳上爬满了胡瓢歪歪的藤蔓，小松躲进去，谁都看不见他。这样，小松只能看见小艾，而小艾看不见他，否则，他怕小艾说他说话不算数，说他不是中国人，甚至说他只是想骗她的钢炮筒。两天里，小松有五次看到小艾，有一次是小艾来洗衣服，有四次，小艾什么都没做，只是到水边的木码头上站站，把穿着白色塑料凉鞋的脚放在水里搅搅，然后呆呆地望一会儿，神情黯然地离开了。但是，不管是小艾来洗衣服，还是只是来洗洗脚，小松都要紧张地屏息敛气，他潜意识里，是多么想小艾再脱了衣服洗澡啊，小艾的身体让他感到新鲜而奇妙，让他血液奔腾，让他身体发热。有一次，是在午后不久，小松想着想着，睡着了，醒来时，发现裤头上粘粘的，那是他身体里出来的东西，这已经是今年的第三次了，第一次他还有些害怕，直到第二次发生，他发现并没有什么反应，也就不怕了。这一次，他模模糊糊地知道为什么会流出那样粘粘的液体了，因为他想了小艾，想了小艾的身体。小艾小艾……小松身体里的血液又开些热了。

就在小松潜伏第三天的傍晚时分，小艾再一次来到河埠头的木码头上。她这回是来洗衣服的。衣服也只是很少的两三件。她一边洗衣一边聆听周围的动静，有一些水鸟在叫，柴喳喳，还有小柳莺，黑羽红嘴的水鸡也在河里漂。小艾没有心思去听，也没有心思去看。她心猿意马，犹疑不定。夕阳多好啊，淡淡的暗紫色洒在清冽冽的水面上，也笼罩在小艾的身上。小艾新穿一条裙子，是一条蓝布裙，短袖的白衬衫披在裙子里，腰肢柔韧，胳膊浑圆，搓衣服的动作却是有气无力的。但是，小松这时候却睡着了。真是不是时候。小松躲藏在水柳丛里整整一个下午了，他就要看着小艾了，可他却睡着了。

有人下了河，悄悄的，滑到了河里，河水淹没了他的脖子。

小艾这回看到他了，他就是郝军军。郝军军还是抓一把菱秧盖在头上，像漂在水上的喜鹊窝，向小艾慢慢游去，小艾忍住了笑。在他接近小艾的时候，小艾撩起水，泼向了喜鹊窝。于是他抓下头上的菱秧，窜到木码头边。他的头就靠在小艾的腿上。小艾脸上露出羞涩的表情，任对方在她身上挨挨蹭蹭。

郝军军手一撑，就爬上了木码头。他把小艾抱在怀里，小艾挣扎一下，不动了。小艾的洗衣盆，还有盆里的衣服，顺流漂走了。黄昏的扁担河边，木码头上，郝军军和小艾在亲吻，在抚摸，他们像扭在一起的麻花，让木码头吱吱作响摇摇欲坠。

突然的，枪声响起来，先是一声，紧接着，就跟炸鞭一样了。小艾身体一挺，说，打枪了……小艾的话还没有说完，就被郝军军的嘴唇堵回去了。郝军军含混不清地说，它打它的，我们打我们的……

枪声惊醒了小松。小松一睁眼，在被枪声惊吓的同时，看到对面木码头上两个扭曲的身形，看到被男人压在身底的小艾。小松从水柳丛里跳起来，他猛地一下跳起来，往河边冲去，同时大叫一声，不许欺负她！

但是，小松的喊声只发出半个"不"音，一颗子弹，从小松的后背打进又从前胸穿过。小松确实是大声地喊了，可惜啊，小松的声音没发出来——他一个前扑，扑进了河里，从身体里涌出的热血迅速染红了河水。

小艾洗衣的花瓷盆从小松的身旁漂过。

天黑了。

枪声住了。

淡淡的星光下，一个男的和一个女的双双坐在木码头上，四条腿伸在河水里，惬意地晃动着，他们的胳膊缠绕在一起，手扣着手。男的说，这是最后一战，明天就军管了，枪都要上交。

寻找灯光

午夜时分。

我把一篇小说修改誊完,心里别有一番滋味。一来,这篇小说耗费我太多心血,修修补补四五稿,一朝杀青,有种苦尽甘来的放松;二来,在形式上做一些探索,吸收法国新小说的某些写作手法和大量经验,加上自己别出心裁的想象,又有些得意洋洋的满足感。

但是,我对于自己的写作一向把握不定,写出来的文章都要经过朋友兼老师李惊老过眼,听他批评几句或赞许几声,心里才算踏实。

李惊老是我市著名文学评论家,也是卓有成就的小说家。称他"老",不仅是年龄比我大两三岁,主要是因为他在文学修养和历练上比我等之辈要高出一筹。

李惊老住在通灌南路新华书店附近一条小巷里。小巷里的建筑,由于是一式的两层楼房,长相一模一样,不要说陌生人,就是我,都很难分辨。好在,李惊老家门口有一棵无花果树,还不难找到——就凭这一点,我们这帮文艺青年,都打内心里敬爱李惊老。

多好的老师啊，他怕我们迷路，就弄了这棵消息树。

一不做二不休，我带上新鲜出炉的短篇小说，骑上自行车，从北到南，几乎横穿整个城市，向李惊老所在的街区骑去。

午夜了。在上世纪九十年代初的新浦街上，午夜的行人寥若晨星，几盏昏黄的路灯照在街头一隅。冷寂而长长的街道上，我的影子异常孤单。我有些担心，这时候，惊动李惊老，是不是不礼貌啊？关键是，夜深了，他说不定已经熟睡了。在这么寒冷的冬日，在这样萧条的深夜，我稍稍有些后悔。

如前所述，我没少打扰过李惊老。无论在什么时候，他都热情并不遗余力地跟我谈文学，修正我的文学观，指出我作品中这样那样的低级错误。因此，我到他家访问、请教，就成了家常便饭。有时，还真的在他家吃饭，喝酒。偶尔也会遇上其他志同道合的朋友，比如张亦辉。喝得酩酊大醉的时候也有。有一次，也是晚上，我也是带着新鲜出炉的短篇小说，请李惊老指导。他留了晚饭。我就喝多了，在他家无花果树下，吐得一塌糊涂。我这样的吐酒还算文雅的，据说，也是小说家的李建军，在别的地方喝醉酒了，专门到李惊老家吐酒。可见李惊老对我们这帮文学青年的厚爱和垂青。也可见他在我们心目中的地位。

从通灌南路一个路口右拐，就是通往李惊老家的小巷。小巷里没有路灯，我的破自行车扎扎哗哗声十分刺耳。我怕影响居民休息，同时也怕撞到墙壁上，只好轻手轻脚地推着自行车，向李惊老家摸去。大冬天，他家门口的"消息树"，不像夏天时那么枝繁叶茂容易寻找，加之天黑，我只能根据以往的经验，大致估算着距离。在差不多要到了的时候，我睁大眼睛，一家一户门口查看。另外，李惊老家的灯光，经常是这条小巷最迟熄灭的。如果这时候，哪扇窗户里透出灯光，那多半是李惊老家。但是，整条小巷，真的看不到一处灯火了。还好，我看到"消息树"了。我仰望他家二楼阳台，一如我预料的黑灯瞎火。我心里略略地失望。李惊老肯定休息了。我不能在第一时间把稿子交给他了。也不能聆听他的教诲了。

我伫立良久，任硬硬的冷风吹在脸上。我想起苏童不久前发表在《文汇报》上的创作谈《寻找灯绳》。李惊老家的灯光，也是我文学的灯绳。因为只要有灯光，李惊老必定在读书或写作，他也必定会放下手里的笔，对我进行辅导。但是今夜，李惊老家的灯没有亮。只好等待明天了。我打个寒战，轻轻搬起自行车，准备调头。贸然的，楼上的窗口透出灯光了，仿佛早上的太阳跳出地平线。我心里也突然地温暖起来。

"李惊老！"我冲着灯光大声喊。

没有回应。

片刻之后，楼底的灯也亮了——他下楼了。

门打开。

身穿家居服的李惊老满脸睡意，他一边扣纽扣，一大声呵斥道："干什么，深更半夜的，我上个厕所都被你发现。进来！"

哈，我心里别提多开心啦。我支好自行车，蹿进他家屋里。

在他家小客厅里，他给我泡上茶。又捅开蜂窝煤炉。火苗瞬间就窜了上来。

"又有新作啦？"

我诚惶诚恐地从口袋里拿出一叠稿子，恭恭敬敬地递上去。李惊老接过稿子，露出笑容可掬状，说："先放这儿，容我明天细细拜读。先烤烤火，喝杯热茶。外面很冷吧？"

"不冷。"我说。我心里真的暖洋洋的。

钻 戒

1

"那就分手。"罗萍萍声音一如既往的平静,口气里却充满坚决,她把右手无名指上的钻戒撸下来,戴到食指上。仅从罗萍萍的表情上看,根本看不出她内心的波澜,她就像平时的神态一样,从容,淡定,不卑不亢。

罗萍萍的话,高小帅一点都不惊讶。他也看到罗萍萍手上的动作了。他还看到,罗萍萍的右手无名指细腻而匀称,那枚钻戒可能已经习惯了原来的手指,也可能是食指比无名指稍微丰满一些,她没有顺利地把钻戒戴到食指上去,只好又重新戴到无名指上了。但是罗萍萍的动作,还是给了他暗示——分手是不可避免了。还有就是,罗萍萍并没有立即把钻戒还给他,同样在暗示,她的内心,还一如既往地保持对他的情感,这让他心里陡然喷涌起感动之情。这份感动,幻化成语言,又变成了软弱的试探:"我再跟我妈说说……"

"别说了。我会很好。"她再一次把钻戒撸下来,这回她没有往食指上戴,而是捏在手里。

高小帅感觉她最终会把钻戒还回的,因为这枚钻戒毕竟是他买给她的,虽然不是订婚戒指,虽然是他送给她的生日礼物,她要执意还回来,也自然不过了。高小帅一瞬间想起十五年前,他们还是小学二年级学生的时候,在苍梧绿园里春游,别人都去捞小鱼了,都去摘蚕叶了,只有高小帅在园艺工人剪下来的垂柳边,玩柳条。高小帅把柳条编成一个环,套在脖子里。罗萍萍不知什么时候过来了,她也要,不但要套在脖子里的,还要套在手腕上。高小帅就编一只小手镯,让她套在手腕上。她美滋滋地看着,又跟他要一个戒指。可高小帅再怎么编,也编不出一枚戒指了。戒指太小了,柳条再软,再细,也编不成戒指的。罗萍萍就跟高小帅说:"你欠我一个戒指。"十年后,高小帅把欠她的戒指还她时,她想起了十年前的话,她把脑袋歪在他坚实的胸脯上,说:"有一天,你会要回戒指么?"高小帅说:"怎么会,戒指永远属于你。"又过五年,现在看来,罗萍萍五年前的担心还是有道理的,但结果不是他要,而是她要还。

2

罗萍萍没有把钻戒还给高小帅,她拒绝高小帅送她回公司时,钻戒又重新戴到无名指上了。罗萍萍冷漠的表情,引起高小帅的怀疑,他开着道奇吉普,悄悄尾随着罗萍萍,一直送她到快客公司门口——罗萍萍在快客公司上班,是快客公司一名检票员。高小帅看着她骑进了快客公司的大门,才稍微地放心一些。

高小帅的母亲王英看到儿子脸上阴云密布，走进自己的房间，会意地看一眼高志全。高志全站起来，要跟着儿子进去，被王英用眼神制止了。

"小帅摆脱那个……什么萍了？"高志全一下子没想起来。

"罗萍萍，她叫罗萍萍，听听这名字，多乡气。"王英说，"那不明摆着嘛，要不，咱小帅能不高兴？我看，可以让小琦来玩了。老高，你打电话给徐市长。"

3

此时，徐市长的女儿徐小琦，开着车，来到快客公司门口。她知道罗萍萍就在这里上班。小琦停好车，来到快客公司候车厅。候车厅人很多，旅客们都是一副慌慌张张的面孔。小琦一眼就捕捉到十八号剪票口边的罗萍萍了。罗萍萍穿一身蓝色的工作套装，高挑丰满，端庄大方。这让小琦有些失望，觉得和她想象中的罗萍萍相去甚远。她想象中的罗萍萍，应该是枯黄蔫瘦、干不拉叽那种类型的。自己在她面前，不免的有些瘦小。小琦想了一下，重新回到车里，拎出一只旅行包，来到售票口，买一张去常熟的车票，再次进入候车厅。

坐在候车厅等车的感觉，小琦还在上学时有过，多半也是从西安回程的时候，平时都是父亲派车接送的。小琦看着越来越临近的时间，不由紧张起来。

"九点到常熟的检票啦。"罗萍萍甜美的声音响起，"到常熟的，请到十八号剪票口排队检票。"

小琦起身去排队。小琦并不太急，所以她排在最后。

终于轮到小琦了,在把票交给罗萍萍的时候,她突然大惊失色地说:"哎呀!"

"怎么啦?"

"我的戒指掉了。"

4

常熟是去不了了。小琦的戒指掉了。小琦情绪低落地坐在椅子上。

罗萍萍帮小琦办了退票后,过来问小琦:"你是什么时候发现戒指掉的?"

"买票时还在手指上的,就几分钟时间,就没有了。"

"就是说,是候车时候掉的了。"

"应该是吧。"

"你别急,我来帮你找。"

罗萍萍弄清原委后,和两名服务员一起,用清洁推,在大厅各个角落排推、寻找。由于大厅的水磨石地板比较花,和戒指的色泽容易相混,找了一个多小时也没有找到。罗萍萍想,会不会被扫进了垃圾车?从早上到现在,已经打扫几次垃圾了,完全有可能在小琦等车时,把戒指扫走,混到木屑里被送进了垃圾车。于是,她带着小琦,来到院子里,把垃圾车里的所有垃圾卸下来,用手扒拉着,一点点地翻找,仔仔细细地辨别。

小琦看垃圾很脏,劝罗萍萍戴上手套。罗萍萍说:"戴上手套就降低灵敏度了,容易遗漏。"

罗萍萍不放过一块纸头,一个烟盒,一个塑料袋,所有的垃圾都要从她手里过一遍。垃圾堆里各种杂物都有,散发出难闻的异臭,令人恶心，连站在一旁的小琦都退到一旁，掩住鼻子。罗萍萍也被一阵恶臭熏得要呕吐，但她依然保持专注的神情，不放过一块可疑的垃圾。小琦感到过意不去，让罗萍萍休息一会儿。罗萍萍说："那么贵重的钻戒，说不定还有特殊意义呢，我一定要帮你找到。"

旁边看闲的人越聚越多，知道罗萍萍是帮别人找东西才翻臭垃圾时，十分不解，说风凉话的，不屑一顾的，个别善良的人，还劝小琦说："别再麻烦人家了，说不准在哪里掉的呢。"

但，罗萍萍继续聚精会神地扒拉着，时间又过去了一个多小时，天就要黑了。突然地，罗萍萍看到一块核桃大的木屑团，用手一捏，感觉有硬物，摊开一看，果然是闪闪发亮的戒指。罗萍萍高兴地惊呼："找到了找到了！看看，是这只吗？"

但是，小琦的手，没有从衣服口袋里拿出来，因为她手里，也捏着一枚戒指，和罗萍萍找到的一模一样。

罗萍萍疲乏的脸上，露出了笑容。但笑容很快就凝固成了惊异，她突然发现，眼前的这枚戒指太熟悉了，和自己不久前丢失的那枚戒指一模一样。

"是这只吗？"罗萍萍犹疑不定地问。

小琦点点头，伸出另一只手，抢过了戒指，跑了。

5

现在，小琦的手里，有了两只一模一样的戒指。一只是她让高小帅买的。她知道小帅曾给罗萍萍买过戒指，她也要一只，而且要和罗萍萍一模一样的。小帅没办法，只好买一只了。另一只是从罗萍萍那里冒领来的。冒领的过程让小琦非常惊异，几乎可以与历史上任何奇案相提并论——她的戒指并没有丢,她只不过是想捉弄一下罗萍萍,可到头来,罗萍萍真的给她找到了戒指。罗萍萍是怎么知道她"丢"的戒指的形状的呢?只有一种可能,即,小帅把她买戒指的事,原原本本告诉罗萍萍了,也就是说,她并没有捉弄到罗萍萍,而是让罗萍萍捉弄了。

事情就这样简单。

坐在沙发里的小琦流下了两行泪水。

渔 友

画家范特西钓鱼是个高手，海钓、湖钓、河钓、塘钓样样精通。

李木子是范特西在海钓时认识的朋友。

李木子钓鱼喜欢拉一大帮人。当然，他们平时也都是朋友啦。一大帮钓友在海边排开来，李木子的钩甩下去以后，喜欢挨个朋友走一圈，站在身后嘀咕几声。要是谁先钓条大沙光子，他也要过来恭维几句。总之，李木子的行为有些烦人。你不好好钓鱼，到处乱跑什么啊？不想钓就别来啊。可每次他都是大号头，到哪里钓鱼，湖钓还是海钓，都由他来决定。到了目的地之后，又甩大袖子，不能专心。

大家知道他就是这号人，也就任他烦了。

李木子就是在一块大岩石后边看到范特西的。他开始以为范特西也是他朋友带来的朋友。他看范特西的竿子有些特别，说，这是什么货？这是海钓啊兄弟，这个竿子能钓鱼？

范特西不认识他，拖着嗓子说，试试吧。

傍晚收工时，大家或多或少都钓了几条，只有李木子，连一只虾婆都没有钓到。李木子背着钓具，跟着大伙儿往停车场走，他跑前跑后，挨个跟朋友说话。大家这时候有时间了，都拿他开涮——

老李你起的头，要来海钓的，你钓的鱼呢？

一边去木子，你真是木头的儿子哈哈哈，你说你不好好钓鱼，跑来吹海风，值不值啊？

去去去，别烦我好不？我叫你闹的连鱼都没钓到，当心我把你塞到渔篓里。

……

李木子在朋友们面前都讨了个没趣，只好跟落在最后边的新朋友范特西说话。

李木子说，你看他们一个个得瑟的，不就是钓了几条臭鱼烂虾嘛，了不起一样。我是没认真，我要一认真，他们全都下水。

范特西说，那你来钓鱼……来消遣时间莫非？

李木子像找到知音一样，对对对，我就是来消遣消遣散散心的。我画画。我是画家，画国画，天天闷在家里，出来看看，你以为我是真钓鱼啊？切，才没那心情呢。

范特西说，噢，这样。

李木子说，我看过了，你钓得最多。你钓了四条沙光，两条青棍子，还有三条大嘴巴，你钓了九条鱼，对吧？

不对，十条，还有一条小滴根。

李木子惊讶地说，小滴根都叫你钓上来啦？那种鱼可难钓啊，你是高手，高高手。哈哈哈，你看看，你钓这么多鱼还跟我说话，他们只钓几条小破鱼，就成大师了，还是我们投缘，我们才是朋友呢。

呵呵，大家都是朋友。

你叫什么？

你叫我老范吧。

我叫李木子，画家。

范特西说，你是画什么画的啊？

李木子口气很大地说，这个，你不懂。你钓鱼行，跟你谈谈钓鱼还凑合，谈画画你不行。

范特西又呵呵笑两声。

李木子说，电话？

范特西说，什么？

李木子已经掏出了手机，说，你电话多少？我记一下。

范特西说了一串数字给他。

李木子说，好，我记进我手机了，赶有机会钓，我打你电话。

范特西说，好啊，我也喜欢钓鱼，放松放松。

说话间，走到了停车场，他们上了自己的车，各自回家。

以上就是范特西和李木子认识的经过，没有什么特别的。范特西继续自己的生活，天天在自己的画室里，看书，作画，喝茶，每周出去钓一次鱼，日子安闲而自在。

突然有一天，范特西接到李木子的电话。李木子热情地邀请范特西明天去钓鱼，说是一大帮人，不是海钓，这回是到大圣湖钓鱼，晚上由他安排吃饭。范特西也正想明天钓鱼，凑个热闹也好，又知道李木子也是画画的，有机会请教请教，也是一举两得。再说晚上还有饭局，说不定能认识新朋友。对于画家来说，朋友越多越好，朋友越多，自己的画市场潜力就越大。范特西爽快地答应了。

湖钓的过程和结果，与上次海钓时一样，李木子也是空手而归。李木子也同样的和大家话不投机，只和范特西交流了几句。说话的内容也和上次大同小异。最后，李木子说，以为我真是来钓鱼啊，大圣湖管理处处长是我朋友，要买我几张八册整张的大画，我带朋友来钓钓鱼，吃他一顿，是给他面子。

这样的场合，范特西又经历了几回，每回的情形，基本上差不多。

冬天快要来临的时候，李木子又打范特西的电话了，还是钓鱼。说那几个朋友一个个有事要忙，明天钓鱼人要少多了。

范特西这回不能去钓鱼了。范特西这回真的有事，他接了一个大单，北京的一家美术出版社要出一套当代名画家丛书，范特西也入选了。出版社要求画册必须是新作，因此范特西只好天天在家赶画。他抱歉地告诉李木子，明天也没空钓鱼了，有点事。

李木子说，没有几天了，冬天就要来了，趁着还能钓，我想安排大家再钓几次的，晚上我招待吃饭。可一个一个都有事，算了，我也不去了，人少钓鱼没气氛。你忙什么啊老范？不是你们几个约好的吧？故意不给我面子是不是？

范特西说，不是，我是真忙。

忙什么呢？

范特西知道对方也是画家，不想告诉对方真相，因为能为出版社画画，毕竟是一件荣耀的事，不是每一位画家都有这样好运气的，他怕对方嫉妒，就含糊其辞地说，在工作室，忙点自己的事。

谁知，李木子大为惊讶，啊？你在工作室啊？你有工作室？正好我现在没事，我去你那里玩玩啊。

范特西也不好推辞，就说，好啊，欢迎啊，你过来吧。我告诉你地址啊，陇海东路十八弄一百六十六号。

不消说，半小时不到，李木子就开车来了。李木子一进范特西的画室，看到范特西正在画案前作画，先是傻一傻，然后反应过来，说，老范，你也是画家啊？

哈哈哈，没事弄两笔玩玩，请坐请坐，我给你泡茶。

不用不用，我看看你画画。

也行，正想请你指点指点呢。

于是，范特西继续画画，李木子站在一边观摩。范特西的一笔一画，一搓一擦，都被李木子看在眼里。李木子钓鱼不行，画还是能看得懂的。看着看着，他就悄悄地吸气，觉得这个老范手上工夫太厉害了，决非凡人，老范？是不是那个大名鼎鼎的范特西呢？李木子就朝墙壁上看。墙上有几幅新挂上去的画，虽然没打印章，却有落款，果然就是范特西。李木子也不吭声，自己过去泡杯茶，又给范特西的杯子里续上，然后端着茶站在画案边，继续欣赏范特西画画。

范特西把一块石头画好了，这才腾出时间和李木子说话。范特西说，老李提提意见。

李木子惊惶失措地说，我哪里敢提意见啊？我……我只会钓鱼，哈哈哈，哪天请范老师去钓鱼啊，今天我就不打扰了。

没事没事。范特西把李木子送到门口，说，常来玩啊。

在此后的钓鱼中，李木子不再和范特西谈画画了，钓鱼的技艺反而大有长进。除了开头几次没有范特西钓得多而外，后来的几次，都是他钓得最多。

"博士"恰巴

恰巴是我们的大巴司机。说他是博士，因为他除了为我们开车，还爱好读书。在陪伴我们的二十多天里，他一有空就手不释卷，伏在方向盘上，旁若无人地读书。我和他也有几次交流，甚至还互相开过玩笑，留下很好的印象。

还是到德国的第一天，我就对恰巴刮目相看了，原因是，我们在柏林机场外乘大巴的时候，恰巴认真地给我们装行李。二十多个人几十件旅行箱，恰巴弯腰屈膝，一件一件地摆放。我在国内跟过不少旅行团出行，无论是导游，还是司机，没有人为旅客装行李的，他们最多站在旁边，不耐烦地指手画脚，安排你这样摆，那样放，稍不如他的意，还奚落你没出过门。而我们的恰巴，可不是这等模样，他干活有干活的样子，戴着手套，手脚利索，认真而严谨，就像干自家的活，提、拉、拖、放，很让你放心。

读书的恰巴就更是投入了，让你觉得他正是在修学分的在校大学生。而事实上，恰巴已经是三个孩子的父亲了，他把其中两个孩子的照片，挂在挡风玻璃上，一男一女两个小家伙就天天笑吟吟地看着他们的老爸了，仿佛在督促老爸的看书学习。恰巴读书也真够痴迷的，在坡茨坦游玩的那天，我因为回来过早，一个人走近大巴时，跟正在看书的恰巴摆了几下手，他才发现我，立即从书里抬起头来，为我开门。上车后我略有歉疚，觉得不该打扰他的阅读。他反而因没有及时发现我而对我友好地一笑，然后又埋下了头。恰巴是个大块头，就算在西方，也够分量，而他一直屈卧在驾驶座上，书也摊在方向盘上，姿势似乎有些委屈。我拿出相机，把他读书的姿态拍了下来。他发现我在为他拍照，善意地把书面展示给我看，还跟我叽哩哇啦说了几句。顺便说一下，恰巴虽然身躯高大，嗓门却很小，似乎和他的块头不相匹配。如果只听他的声音，我能一个背摔，弄他几个猪啃屎。但我知道我搞不过他。我这点自知之明还是有的。可他展示书面给我看，我就真的想摔他了，因为我不认识那几个单词，也不知道是德文还是匈牙利文（恰巴是匈牙利人）。我装模作样地把他的书拿过来看看，看过封面，封底，书脊，又翻翻内页，密密麻麻厚厚一大本，估计是文学书籍。书的成色有六七成新吧，又判定它应该是恰巴的自家藏书。我没说什么，真诚地跟他竖竖大拇指。他却谦逊地摇摇头。

这时候，同伴蔡教授也提前回来了。

恰巴合起书，下车活动活动。我和蔡教授便和他聊天。我不知道蔡教授懂几国语言，反正他就恰巴看的书交流了好几句，好像还"相聊甚欢"。我没办法，只能和他比比身高，然后又拦腰抱起他，试了一下他的体重。有蔡教授做翻译，我知道恰巴身高一米九六，体重一百三十公斤，没什么爱好，就喜欢读书。

恰巴平时不太说笑，就是和我们的导游、翻译，也显得"生分"。但自从在坡茨坦和我有了交流，我们俩却格外友好起来，上车下车，入住宾馆，早餐晚餐，只要碰上，总是要相互招呼一下。我会用刚学的德语向他问好。他有时候会在我肩上捣一拳。而他的阅读，除了开车，随时都可以看到。他的书也经常更换，不是那些流行杂志，也不是通俗小说。这我能看出来。

有一次，是在柏林，我们集体参观某文化机构，我和苏州作家朱文颖回来较早，看到恰巴在读一本旧书，我们自然和他"交流"了起来。毫无疑问，恰巴的书是一本厚厚的文学书籍，封面上是一幅油画风景，书里面有十多页彩色油画插图。我也算个不大不小的藏书爱好者，对图书史稍有了解，逮眼一看，就知道这是一本出版于七十年代的书，线勒，平装，彩封和插页都不是电子分色，和如今通行的胶装豪华本大相径庭，总体走的是朴素、淡雅、亲和的路子，十多幅插页也是取自书中的精彩段落，每一幅仿佛都在讲述一个故事，和书的内容互动。这种书类似于我们国家八十年代初的印制习惯，是让读者阅读的书。恰巴看我们对他的书感兴趣，便和我们说话，从他的动作和比划的手势中，我能感觉他是在介绍这本书，并且，应该是他们国家的名著。

"博士"恰巴热爱阅读，沉浸在自己的书香世界和文学梦想中，让我们感触很多。朱文颖说了不少话，大致都是感叹我们时下的阅读风气和书香环境，直至整个的社会文明。在写作这篇短文的时候，恰巧看到十一月十六日《人民日报》上的一篇文章，透露中国人的读书现状，中国成年人一年平均读书不到两本（我觉得不到两本也是夸大，严格一点地说，不到一本还让人可信），和发达国家在十本以上（以色列达六十四本）相比，差距很大。而我们的"不到两本"，还包括许多娱乐、实用性书籍，比如最受欢迎的玄幻小说、职场攻略、青春文学等流行书。这种阅读的低幼化，或浅阅读，大都集中在青少年身上,一旦他们走出青春阅读的氛围,面对生存的压力,这种消费化阅读就会消失,随之也就告别了阅读。这篇文章还排出了前十位的中国作家富豪,没有一个是严肃文学的作家。这种阅读现状、写作现状和出版现状,真的让人十分担忧啊。从大巴司机恰巴身上,看出了我们的差距,同时也看到了欧洲文化和人文素养不是一朝一夕建立起来的。恰巴阅读的认真和工作的敬业,触动了我,同时对我也是一个启发。

说到恰巴的敬业,也有一笔需要补上。每次停车、开车时,恰巴都要拿出一个夹子,认真地在表格里记台账,从出发的时间,停车的时间,停了多长时间,在哪里停车,都记得一清二楚。我曾经看过他的台账,每天都是一笔一画地记,没有涂改,怕是也没有落下什么吧。

在和恰巴接触的短短二十多天里,大家都对他留下了好印象,在机场临别时,许多人都去和他握手、拥抱。我相信,他们的握手和拥抱,都是真诚的。

小巷里

滕士花原来不是拉三轮车的。买这个机动三轮车,跑黑客,也就是这个月的事。

一个月之前,滕士花在街上摊煎饼卖,一块煎饼能赚一块二毛钱左右,如果巧妙躲过城管的追赶,能卖五十张到六十张煎饼,六七十块钱啊,这个收入她已经很满意了。

但是城管很难躲过。城管的那拨人,社会上招来的,训练有素啊,要跑能跑,要追能追,要打能打,要骂能骂。滕士花不止一次领教过城管的厉害了,被掀过摊子,被踢过腿,被几个彪形大汉架走过。

城管再厉害,滕士花也得摊煎饼啊,不摊就没有收入,没有收入,十二岁的弱智儿子,就没钱在特殊教育学校读书,没钱读书就更弱智,将来怎么混社会啊,连城管都当不上。滕士花一根筋,一条道走到黑,城管从东边来,她就往西边跑,城管从西边来,她就往东边跑,总之,条条大路都能躲,她不相信就没有一条自己的路。

她哪里知道啊,她的那条道,还是走到头了。那天,她被城管抓住了。那天的城管搞了个迂回战术，或者叫声东击西，明明城管是从东边上来的，她按照正常战术，向西逃，是可以成功逃脱的，没想到人家早有准备，滕士花还是落入了城管的包围圈。一个胖城管逮住她的龙头把，另一个更胖的城管喝问她："以后还来不来？"她心一横，说："我不来吃什么！"更胖的城管说："还敢犟嘴。"她摊煎饼的三轮车，连同炉子和半盆煎饼糊糊，被胖城管掀到了身后的黑水河里。

滕士花好几天躲在家里没出门。滕士花再次出门时，她换一辆三轮车了，烧柴油的机动三轮车，同时，也改变了经营策略，搞起了客运。

滕士花是个讲信誉的女人，长相也诚实，馅饼嘴、短鼻子、黑红脸堂，牙齿特别白，拉客时，再友善地一笑，往往能赢得顾主的信任，所以，生意也不坏，起早贪黑，一天也能有个七八十块钱的收入。

有一天晚上，下着小雨，雨虽不大，却"刷刷刷"不停。滕士花披着雨衣，在火车站接夜班火车，看到一个七十岁左右的老人，拖着疲惫的身体，带着不少行李，一个人歪歪扭扭地走出车站。滕士花看他一副左顾右盼、无所适从的样子，便迎上前去，问他去哪里？老人疑惑地揉揉眼，说："我走亲戚。"滕士花说："我送你去吧？"老人问："多少钱？"滕士花说："是市区吗？十块钱"。老人说："贵了，便宜点大姐。"滕士花笑吟吟地说："你说多少钱？"老人狡黠地一笑，说："十块就十块，不过你要包我送到。"滕士花说："市区就巴掌大地方，一定送到，送不到不要钱。"滕士花把老人扶到车上，还给他穿上雨衣。

路上，滕士花问老人："你去哪里啊大爷？"老人说："我去我兄弟家。"滕士花又问:"你兄弟家住哪里啊?"老人说:"我兄弟家……哪里我也记不住了,姑娘你向前走,我认识那块地……从百货大楼往前,一条小路向右拐,进去再左拐……到了我就告诉你。"

滕士花觉得老人还不糊涂,一边开着三轮车,一边和他聊天,得知他是来新浦看望分别多年的弟弟的,弟弟也是近七十岁的老人了,二十年前住在百货大楼以北这片区域,现在是不是还住在这里,也拿不准了。

由于老人实在记不住弟弟家的街巷叫什么名字,再加上市区二十多年来变化大,滕士花在老人的指点下,转了好几条巷子,也没有找到。

滕士花急了,跑这么多路,就十块钱,夜已经很深了,路上除了雨,只有几盏孤独的路灯,连个人影都没有了。

但是,滕士花跟人家打过包票的,也只好跟着老人走大街穿小巷。

老人凭着模糊的记忆,指东望西,一会儿说是这里,一会儿说是那里,感觉哪条小巷都像,哪条小巷又都不像。滕士花陪着老人,叩开一家又一家的门,打听着,询问着,有时候还受到不明真相的人的呵斥,更有个别人,把她当成了骗子。

滕士花停下车,真想像城管那样,把他推下车。

但她还是忍着气,和老人交谈,询问老人二十多年前对他兄弟家周围环境的印象。

老人说:"上哪里记啊……好像不远处有一个公共厕所。"

这可是个重要信息。滕士花对这一带较熟,公共厕所只有四五个,虽然都改成水冲厕所了,但原址都有印象。她根据老人的描述,判断老人的弟弟家很可能住在建国路一带的老街上。

果然,深夜两点多钟时,在新浦建国路一条小巷里,找到老人兄弟的家。

滕士花接过老人的十块钱时,心里一委屈,眼泪涌出来了,比天空的雨汹涌多了。

折腾了大半宿的滕士花,这时候突然感到又饥又渴又冷,十分疲惫,似乎一点力气也没有了,更为凑巧的是,三轮车没油了。滕士花只好蹬着三轮车,艰难地在小巷里骑行着。小巷还是五十年前的石板小巷,多少年没有整修过,坑坑洼洼,高低不平。滕士花知道,这一带号称棚户区,要不了多久,就要改造成廉租房了,所以,她也没有去骂该死的小巷。但是小巷还是和她过不去,一块水泥板断了,她没看清,车子一歪,跌进了下水道,虽然不算重,还是摔得她很疼,关键是,摔得她动弹不得了,三轮车前轮还压在她身上,一动,肋骨像裂开来一样。筋疲力尽的滕士花心想,坏了,不会死在这里吧。小巷里没有路灯,两边的人家也是黑灯瞎火的,她只好喊救命。谁知,救命也不能喊,嘴巴一动,就疼得受不了。受不了也得喊啊。

"救命……"滕士花的喊声,还不如猫叫。

当拐弯那儿的路灯在雨中熄灭的瞬间,雨势突然大了,滕士花也实在没有力气喊了。

至于第二天,城管在清查机动三轮车非法营运时,已经和滕士花没有任何关系了。

喜 欢

小郑离开恒天集团后,头一次回来。

在集团接待室,小郑和过去的同事聊天,相互诉说分别十年来的变化。过去的同事都对小郑表示敬佩,他不过是一所三流大学的毕业生,却在企业工作一年半后,考上市某权力机关公务员。现在,他又调到科技局,任技改处处长了。

他是以技改处处长的身份,来恒天集团考察的。

接待他的,是办公室主任吴海燕。吴海燕也是十年前的老同事。那时候,他们一起在销售部。那时候的恒天集团,才是一个年销售额不过三个亿的中型企业,经过十年的发展,已经扩大了十几倍。那时的销售部啊,还没有现在分得这么细,大大小小十几个部。那时候大家在一个大菜间,卧在一个个小隔断里,凭着每人一部电话,每人一部电脑,上网寻找市场。当时的小郑,业绩算不上优秀,但也不差。

说起那段峥嵘岁月,小郑感慨很多;说起那段艰辛,也是唏嘘不已。

吴海燕开门见山，说，想见见谁啊？反正董事长要中午才接待你，这会儿就是叙旧。

小郑说，我还能认识谁啊？

这时候的吴海燕，脸上现出一种鬼魅的神情，还有一丝狡黠，她变一种腔调，说，小雪还在，她现在是销售四部的经理喽。

听到小雪的名字，小郑心里咯噔一下。小雪那时候天天挺着胸脯，高傲得很，谁都不睬，特立独行，加上人又漂亮，在销售部异常孤独，用那些女人刻毒的话说，人不沾，鬼不靠。就连好脾气的吴海燕，对她也没有一句多余的话。但是小郑呢，内心里觉得这个女孩冰清玉洁，是个好姑娘，如果不做作，不拿腔拿调，不装作一副拒人千里的样子，他说不定会追求她的。即便追求毫无结果，他也甘愿冒这个险。由于接下来他投入到公务员考试中，小郑只好把这个心思藏在心底，没对任何人公布过。可吴海燕怎么会突然提起小雪呢？吴海燕提起小雪，不会是知道他心底尘封的秘密吧？

就是那个长头发的陈雪？小郑煞有介事地说。

是啊，我们销售部你最喜欢的人嘛。

小郑心里再次一紧——被吴海燕说到心尖上了。但小郑还没来得及解释，吴海燕已经出门了。

十年了，小雪还会那样吗？小郑想，便期待着小雪的出现。同时，也在琢磨吴海燕的话。对于对小雪的情感，他深信自己对谁也没有透露过，也从来没有表现出来。一来，他当时的志向，并不在公司；二来，他当时在公司不过是丑小鸭，而小雪就是白天鹅。那么吴海燕是怎么知道他心思的？

片刻之后，接待室门口响起一个好听的女声，谁呀？吴姐你不说我可不进。

进去你就知道了，真的是你特别想见的人。这是吴海燕的声音。

你真能扯啊吴姐，我想见谁呀？我谁都不想……

小雪的话没说完，人已经进来了。她是被吴海燕推进来的。她看到接待室沙发上坐着好几个人，除了单位的老同事，还有一个三十多岁的年轻人，油光粉面正朝她笑。陈雪还是一眼认出来了，这不是从前的同事郑波嘛？他怎么来啦？这是第一印象，紧接着就是，吴姐怎么知道我最想见这个人？真是莫名其妙。但她还是脸红了。是的，大约十年前，她对他不是很有好感吗？虽然一晃这些年了，他也早就从她记忆里消退了。但，一照面，他还是迅速占据了她的心，那一瞬间的感觉，让她心里一阵狂跳。

冷静，冷静。她暗示自己，明媚地说，呀，小郑……先生……

该死，还是慌了。

好在吴海燕及时解围道，郑处长，人我给你请来了，你们两人……看看，变化大吗？

在接下来的聊天和交流中，小郑和小雪当然没有重叙旧情。事实上，他们也没有旧情可叙。他们各人从对方的神色中，知道相互是喜欢的，至少不讨厌。但，他们共同的疑问就是，吴海燕怎么知道自己当年的心思？小郑还想，如果当初没有考走，会是什么样的结果？说实话，小郑对自己第一个工作的恒天集团，还是充满感激的。而接下来的考察，会不会受到影响呢？那可是一个三千万的国家技术补助啊。小郑转头，看到了吴海燕。小郑突然有些害怕，即便眼前的一切，是吴海燕的导演，那她掌握的素材也太准确了。

场 合

若干年前，年轻的苏连，还在副科长的任上，对于迟迟没有提拔成"正科"而耿耿于怀。在一次饭桌上，苏连对于目前的处境十分不满，发狂言道："如果两年之内不提拔，不搞行政了，老子改行去做作家。"

苏连之所以有此底气吹牛，主要还是因为他姑母是市委组织部副部长。

但是，苏连的话，还是被当着笑谈。作家是那么好做的吗？在一个城市，科长太多了，就是处长，也多如牛毛。历史经验告诉人们，不要说科长、处长、局长，就是市长，如果不在岗位，若干年以后，有谁会记得？作家就不同了，以作品说话，他的作品可以流传后世，作家也就会不朽。苏连的话，明显太无知。只能说明，在苏连的潜意识里，一个单位的小科长，也是比作家更有知名度或更加实惠的。

还好，作家界终于没有苏连的一席之地——尽管，他偶尔在市报上发表过几首诗和几篇短文——苏连在这年年底，提拔了，如愿当上单位的科长。更让苏连自己都吃惊的是,两年后,他当上处级干部了——某局副局长。

许多人认为,苏连这回该心满意足了。岂料,他依然牢骚满腹,看谁都不顺眼,特别是那些年龄跟他差不多,又自认为能力比他差的,一个个神气活现到处张扬,不是正处,也是副处,而且身处要害部门。相比较,苏连还是差的。他心有不甘啊,和那些意气风发的干部们相聚于饭厅中,会场里,苏连都会从心底里瞧不起对方。因此,在干部们谈论谁谁谁又要提拔了,谁谁谁和谁谁谁是一个系上时,苏连会说:"你们,切,除了当官,还能干什么?我跟你们不一样,我是诗人,搞创作,哪有心思在官场上钻营?我顺其自然啊。"

苏连的话,大家都信。也有人调侃他,在官场上,你是诗写得最好的处级领导,在作家界,你官做得最大。

官场上曲高和寡的苏连,有时候也跟作家们玩,喝酒打牌,偶尔也参加某诗人或作家的作品首发式。这时候的苏连,特别地清醒,他在发言中,很苦恼地说:"我真佩服你们写作的,可以一心一意写点东西。我不行啊,天天开会,检查,忙死了,脑袋指挥屁股,真是没有时间写啊,不然,我的诗也能到处发表,诗集早就出版发行了。就是成为全国名诗人也是有可能的。"

久而久之,大家知道了,苏局长是到什么山,唱什么歌,在什么场合说什么话。和同僚在一起时,他以诗人自居,以高人一头的艺术家身份,俯视眼前的小官僚们。和作家们聚会时,他又以政府官员的身份,摆出应有的派头。

电梯口的巧遇

1

小莫匆匆往 H 宾馆赶。

在 H 宾馆电梯门口,她熟练地按了上升键。

在电梯自动门拉开的瞬间,一张脸出现在她面前。

小莫愣住了。

这是一张非常熟悉的脸,可以说比自己的脸还熟悉——因为三天两头在一起聚餐,在一起打牌,在一起逛街,在一起打情骂俏。

对,叫你猜对了,她就是丽丽,美女丽丽。

几乎同时,小莫和丽丽都发出一声短促的尖叫,又都迅速收回了尖叫。可那尖叫还是溅出了半截,相互传到对方的耳朵里。与此同时,各人叫了声对方的名字。

小莫!?

丽丽?!

又异口同声地,你怎么在这里啊?

小莫说，我来看个朋友。

丽丽说，我来找人的。

2

小莫跟丽丽道了再见后，进了电梯。

丽丽没有等电梯门合上后再离开，而是坚决地向门厅走去了，只把俏丽的后背留给了小莫。

小莫在电梯里松一口气的同时，开始懊悔，如果不是路上堵车，耽误了二十分钟，她不会在宾馆碰到丽丽的，就更不要说在电梯口了。宾馆是什么地方啊？是非之地啊，一个不到三十岁的少妇，平白无故的，到宾馆来，干什么啊？开房嘛，和情人约会嘛。还能干什么？如今，偷情啊，一夜情啊，三P啊，同性恋啊，什么什么的，总之，爱吃腥的男男女女多了。丽丽一定是怀疑她到宾馆，不是干正经事来的。

不过，让小莫稍稍释然的是，丽丽也是从宾馆走出去的。

对了，丽丽来宾馆干什么呢？难道真是像她说的那样，找人来的？

丽丽在一家网络媒体工作，是"情感路路通"版块的版主，经常发一些关于男女之事的帖子，而热衷跟帖的人当中，就有小莫。

认识丽丽，就是在一次论坛坛友聚会中，丽丽穿很性感的短裙，紧身的黄色小T恤，扭身闪腰间，会露出一截白亮的肚皮，太讨男坛子们的喜爱了，大家敬酒，开玩笑，互相许配，闹得不可开交。那次聚会，小莫没有坚持到底，因为女儿才四岁，让母亲带着不放心，自己又刚刚离婚，还是早点回家合适。所以她就提前离席了。听说，一大桌十几个男女坛子，喝过酒又唱歌去了，一直疯到下半夜。

此后，这样的聚会，小莫就经常参加了。

小莫当然不是来宾馆开房偷情的。她是替换她母亲的。她母亲五十多岁了，十几年前买断了工龄，一直在家闲着。老本吃光后，托关系才找了个宾馆服务员的工作。两天前，母亲生病了，还坚持上班。小莫不忍心，趁着双休日，来替替母亲。

可真是不巧，在这里碰到了妖精丽丽。

小莫懊悔过后又后悔，为什么说是来看朋友呢？实话实说，就说来替母亲上班的，有什么可丢人的吗？自己又不是头一次替母亲上班了，也就是整理房间，倒倒垃圾桶这些碎碎叨叨的事，累不着，还能活动一下筋骨。可她一直没说过母亲的工作，突然说了，同样会让丽丽怀疑的。

小莫心里的懊悔和后悔，就像两根打鼓棒，交替敲击着。

3

丽丽坐进车里，一时还没有醒过神来。怎么这么巧啊？在电梯口会碰到小莫？真是太巧了，太巧了……小莫去 H 宾馆干什么呢？算了算了，先不管小莫去干什么了。自己在 H 宾馆叫小莫看到了，这才是大问题，小莫会怎么想？小莫一定会往歪路上想的——完全有可能啊。

丽丽发动了车，却没有立即启动，她从镜子里看看自己。镜子里是一张清纯、俊秀的脸，还描了眼睫毛，涂了口红，染烫过的酒红色长发随意披散着，绝对一个时尚而先锋的都市女孩，加上这身性感的咖啡色露肩吊带短裙，走到哪里也是吸引眼球的。可出现在

H宾馆，出现在熟悉的朋友面前，怎么都有些不合时宜。如果不是和男友幽会开房，如果不是干什么私密的事，谁会往这地方跑呢？自己是怎么回答的？来找人？对，是这样说的。切，鬼才相信了。小莫不是鬼，所以小莫不会相信。何况小莫是个精明的小女人呢？何况自己还不止一次地跟小莫他们讲那些令人喷饭的段子呢？何况许多段子都和开房啊、偷情啊、幽会啊、一夜情啊等有关呢？

丽丽还是发动了车。

丽丽开着车，在大街上行驶，心里却安定不下来，眼前都是小莫看到她时惊诧的表情和疑惑的眼神。丽丽不敢开了，看街边有个岔道，便把车子别上来，抬眼一看，是S宾馆。怎么又是宾馆啊？丽丽想都没有多想，赶快开走了。丽丽觉得今天真不是好日子，虽然大学老师钟教授来本市出差，还带了她的宝贝儿子，但今天绝对不是什么好日子。刚才，她在H宾馆，见到钟教授了，师生俩相聊甚欢，还约好晚上吃饭的。可见到小莫为什么就紧张了呢？为什么不停下来聊两句呢？为什么不直接说来看老师的呢？来看个朋友？靠，这话多暧昧啊。朋友？明明是老师，而且是女老师，而且还带一个十二岁的儿子，这些都可以和小莫说说的。可偏偏就没有说。都怪和小莫相遇的不是地方——电梯口。一个急于从电梯里出来，一个急于上电梯……唉，什么事就这么急呢？

4

小莫在走廊上拖地，心里添着堵。

一个高而胖的女人，从走廊一端走来了。小莫扶着拖把，让开道。小莫看到，这个一摇三晃的女人约摸四十岁，胸脯很大，短袖衬衫的纽扣都要被挣开了,胸脯、肩膀、大腿等好几处地方的肉随着她身体的摇晃而乱颤。

小莫闻到一股很浓的香水和汗臭混合的味道。

小莫把憋着的一口气吐了,继续拖地,心里想着,丽丽会不会把她们在 H 宾馆相遇的事说给朋友们呢?也许不会说吧,她那么聪明,要是有人问,你怎么知道的?她怎么回答?不是把她自己也暴露了吗?

一条走廊六七十米,一趟拖下来,有些腰酸。小莫深深地体会到母亲工作的不易和辛苦。发誓一定要说服母亲,不干这份工作了。

小莫把玫红色塑料桶和拖把在一只手拎着,往工作间走。身边是一间间紧闭着门的房间,门上的号码十分醒目。突然地,小莫的耳边响起一阵奇怪的声音,像知了在叫,又像青蛙叫,又什么都不像。稍一用心,听出来了,原来是人的喊叫,是男女做爱时发出的声音。

小莫不想听,急步从门口走过了。

小莫把自己关在工作间里。工作间的一只推车上,堆着一堆刚换下来的床单。小莫看着这些床单,想着床上的事……

手机响了。

小莫看号码,丽丽打来的。

小莫犹豫着,接了电话。

喂,莫莫啊,晚上干吗啊?丽丽的声音永远都是那么地嗲。

没有安排啊,正等你通知呢。小莫一下就回复到以前的状态。

好,晚上,在新世纪大酒店,红珊瑚厅,我安排。丽丽声音继续嗲着,知道为什么请客吗?我上大学时的老师来了,请她坐坐。我不想叫那帮男人了,怕对我这位美女老师出言不逊。

好的好的。小莫说。

对了，我老师住在H宾馆，我碰到你时没说清楚。

5

打完电话，丽丽心里轻松了很多。

这个电话妙极了，可以说是一石三鸟，其一，说明她来H宾馆确实是看人的；其二，如果不信，晚上的宴会中，有人证；其三，又间接地询问了小莫到H宾馆干什么去的。

丽丽心里一轻松，准备在论坛里灌水，闹闹，玩玩。发个什么帖子呢？大家对什么帖子新奇呢？感兴趣呢？丽丽想着，不是刚从H宾馆回来吗？对，虚构一个吧，按照她的思路，展开合理想象，编一个涉黄的。

丽丽坐在电脑前，嘴角荡漾着微笑，细长、白皙的手指上下翻飞，就像一位激情澎湃的钢琴家，在自己的小窝里，进行一场私密的演出。不消说，几分钟以后，"情感路路通灌水版"就帖出这样一个帖子：

今天上午，我去某宾馆看望老师，在宾馆走廊里，听到一阵紧似一阵的喘息声和尖叫声，我以为出了什么事，驻足再听，人家原来是在做那种美事，吓得我赶快溜之大吉！

很快，就有几个人跟帖了。既然是灌水，大家的话都有些粗野，甚至有人还把"那种美事"的声音配上了乐谱。丽丽的几个姐妹也灌了几帖。一个叫"流泪的红烛"的第一个提出质疑，跟的帖子说，我的天啊，丽丽大版主不主持论坛，跑某宾馆不会仅仅是去窥听人家美事的吧？自己是不是也做了一把美事啊？太不地道了，有美事也不想着姐妹们。

这个帖子一跟不要紧，后边那些小淘气人人起哄了。

丽丽架不住了，回帖只好实话实说，说千真万确是去看望老师的，并且晚上欢迎老师的饭局都安排好了。大家更是起哄，一定要去吃一顿，否则，坚决不信。丽丽只好跟帖邀请了本市的几位坛友。

正玩得高兴时，电话响了。丽丽接了电话，一听，钟教授的，便兴奋地跟老师问好。但是，钟教授的声音却明显地不好，说家里有点事，要急着赶回南京，晚上的宴会取消吧。

那怎么行呢？丽丽急了，说饭都订好，有多大事啊，明天一早走不行吗？

但是，钟教授口气坚决，说已经到车站门口了，并且再三叮嘱丽丽不要送，她们是在宾馆订的票，中午十一点二十的车。

丽丽看一眼手表，此时已经十一点零五分了，就是往车站赶也来不及了。丽丽只好在电话里祝老师一路平安。

挂了电话，丽丽在电脑前呆住了，脸色有些惨白，小莫惊异的眼神再度在她面前闪现。已经发出邀请的晚餐怎么办？即便是请了晚饭，老师不在，谁又证明她是去H宾馆看老师的？而屏幕上，许多人的跟帖还一个劲地往上翻……

葡萄酒

德国的小城镇,实在都是一副模样,整洁的街道,两三层古朴或现代的楼房,远处山冈上古老而神秘的城堡,还有藏在茂密树林中尖顶的教堂,这些都是小城镇基本的模式。那天,我们在一家快捷酒店入住后,才下午四点多钟,离晚饭时间还有两个小时。于是大家便三三两两走出酒店。

小镇的傍晚安静祥和,阳光很透,气候温润,不用几步,就走出了小街,走进了乡村田陌——路边冈岭上是绿茵茵的草地和森林,再远处的山冈上,是大片的葡萄园,随着山冈的走势而逶迤起伏,一直连绵到远处的山脚。我想,这个小镇,一定是盛产葡萄了。或是葡萄酒的产地也未可知。

通向远方的路上没有人影。我走了约五分钟,才有一辆银灰色的小奔驰从身边悄然滑过,一个拐弯,停住了——原来是停车场。我近前一看,哈,一间乡村酒吧。

酒吧的门面不大,一个门厅进去后,直接就是几排精致的小方桌。桌子上铺着洁白的台布。此时的酒吧里只有三五个人,他们静静地坐着，或品着葡萄酒，或喝着大杯的黑啤。我找一个靠窗的位置坐下。潜意识里，也以为和国内一样，会有服务员拿着酒单过来，但是吧台里那个金发碧眼的先生，并没有过来招呼我，而是麻利擦拭着盘子里的酒杯。我也不急。时间还早，好好享受一下德国乡村酒吧的安逸和宁静吧。我开始打量酒吧的客人，靠里边的，是一个老者，头发花白，正在读一叠报纸，面前一杯红色葡萄酒。在酒吧中央的位置上，是一个东方面容的女孩，长长的黑发，随意的裙装。她是侧对着我的，戴一副精巧的无框眼镜，皮肤说不上好，鼻翼两侧有细密的雀斑，一副亲和样子。她面前的桌子上，放着一本杂志，杂志上是一本书和一本精致的笔记本，本子里夹着一支笔。此时她正在品尝杯中的酒。她一直把杯子端着，看着酒中红色的液体，轻轻抿一口。可能是注意到我在看她吧，转头朝我一笑。她牙齿不好，有些乱。笑得却友善。我也跟她点一下头。她跟我举一下杯子——不是要跟我干杯的意思，应该是让我也来一杯。我想起翻译的话："如果到了德国，至少要品尝二十种葡萄酒，否则，算亏大了。"

我跟吧台的服务生举一下手。

我想要一种当地产的葡萄酒。但是我德语一窍不通，无法对酒吧服务生表达，只好用汉语说："有当地酿造的葡萄酒吗？"

对方显然没有听懂我的话，便跟我叽哩咕噜一番。

我求援似的望向女孩——如果她能听懂我的汉语，说明她是中国人。果然，女孩替我解围了，她用德语跟对方说了一通。服务生听后，跟我微笑着点头后，回吧台倒了半杯红葡萄酒。跟女孩又说一句。女孩立即跟我翻译："这是他们最好的葡萄酒，原料就采自当地的葡萄园。"

我跟服务生点头致谢。

女孩汉语很好，普通话比我标准多了。她是哪里人呢？从她的口音中，我真没有分辨出来。好在，我的酒来了。但是对于品尝葡萄酒和葡萄酒的知识，和我的德语一样，一片空白。我只会小口地饮着，让酒在口里多停一会儿。我注意到，隔着我三四张桌的女孩，又看书了。那杯酒在她胳膊边上，色泽非常地美。我想起凄艳这个词。我知道这个词不准确。但是，杯中的红酒，是那样地红和透，有种明亮的樱桃色，搭配她周围的氛围，真的找不到一个合适的汉语单词了。

大约半个小时吧。我把剩下的酒一饮而尽。跟服务生结账。

便宜，只要三点五欧元。

我故意绕两步，到女孩的桌边，跟她打招呼告别。我轻声说："你再坐一会儿，我得回去了。"

"这么急啊？"她说，"可以坐很久的。"

我听懂她话外的意思——她有跟我继续交流的欲望。

由于思想上没有准备，我嗫嚅一会儿，才说："……酒不贵。"

"是他们自酿的葡萄酒。"她看一眼对面的凳子，说，"我再请你喝一杯。这儿的白葡萄酒也不错，应该品尝一下。"

这正是我求之不得的，本来对她的身份我就充满好奇，再加上也想了解葡萄酒的相关知识——我看到她那本杂志的封面上，是一幅葡萄园的彩色照片，猜想，可能是一本关于葡萄或葡萄酒的专业杂志。

我坐下后，保持着和善的笑容，看着她为我叫来的一杯白葡萄酒。浅稻草黄的酒色很明丽，隐约地，飘起一种清冽而醇厚的芳香，萦绕在我周围。我不知道这芳香是来自面前的白葡萄酒，还是来自于她。总之,这种特殊的芳香让人心醉。

我们开始小声聊天。基本上都是她在讲。我偶尔也会问。比如她姓名,比如这酒吧的名称,她都毫无保留地告诉我。这样的,我知道她有一个好听的名字,彤雅丽,台湾台北人,在德国柏林自由大学读博。她还是诗人。她热爱葡萄酒。在台湾出版过一本诗集,叫《边地微光》。她还告诉我这间酒吧的名字,很别致,叫"灌木丛"。她更多地是跟我讲葡萄酒的有关知识——德国的葡萄酒文化很兴盛,不亚于那些热热闹闹的啤酒节。有不少地方,还开发葡萄园旅游区,世界各地的游客都会来品尝葡萄酒。但是中国游客一般不来,他们喜欢去大城市,喜欢购物,喜欢拍照。你是我在这里见到的第一个中国游客。你来这里就对了,会真正体验到当地人的生活,也能感受到葡萄酒文化对他们的浸染。他们的日常生活,和葡萄、和葡萄酒紧密相连,已经是日常的一部分了。这间酒吧里的酒,大都是他们自己酿造的,品种多达五六十个。其实品尝葡萄酒也不难,多喝点就差不多了,无非是四种感觉,一是在舌尖上的感觉;二是在舌头上大面积的感觉;三是喝到嗓子里的感觉;四是再往下走的感觉。慢慢体味,你会觉得很奇妙。

在她讲话的时候,我注意到,她是乍一看普通的女孩,再一看,会发现她独特的美丽来,就连鼻翼两侧的雀斑,也很恰如其分。我端起杯,照她的话品尝一口。真是奇妙得很,我居然品尝到她说的所谓的那种"感觉"了。

她看着我品酒的神情,说:"怎么样?再来一杯?"

还没等我回答,她冲吧台又为我叫一杯。还和服务员交流几句。

待酒上来时,她说:"这是一种叫白皮诺的葡萄酿造的酒,出自小镇最好的酿酒师,口味醇正,你品品看,有一种香草和矿物质的风味。"说罢，眼睛定定地看着我，又一笑，说，"我喜欢这款。"

她的话听起来很舒服，有一种把我当成知己的感觉。我喝一口。老实说，我在品酒"速成班"还没有毕业，没有把这款酒品尝出特殊之处来。

可能时间还早吧，她问我去没去这里的葡萄园。我告诉她我一个小时前才住下来，明天一早就要赶往黑城门。她说这里的葡萄园实在值得一看，在葡萄园里可以任意放松，可以找到回归自然的感觉，可以身临其境地采摘葡萄。她的话当然很有诱惑。我当然很想和她在这异国的黄昏时分，一起去山上的葡萄园，一起采摘葡萄，一起看美丽的落日霞光。但是她没有这个意思，我也不便提出来。

"你在这里要待很久吗？"我问。

"还有一个星期。"她说，"我在写一本书，一本关于葡萄酒的书。或者，关于酒美人生的书。"

"这是你专业吗？"

"不是。"她灿烂一笑，脸红了，细密的雀斑更为明显，却有种特别的性感，就像杯中的葡萄酒，"我也想学这个专业，可惜不是，呵呵，但是葡萄酒是我最大的爱好。"

她的话让我有些惊异和感动。一个出版过诗集的女博士，又把葡萄酒当成最大的爱好，可见她是一个多么热爱生活、享受生活的女孩。

晚饭时间到了。我跟她告辞。

"出门向右拐，一条小路通往山上，十几分钟的路吧，有一小块葡萄园，你可以去看看。"她微笑着说。

我看到，她坐着的椅子转动了方向——原来她坐在轮椅上——我愕然了，心，怦然跳动起来，激越而感动。我注视一眼她的长裙，没有让她送我。

第二天，我们乘着大巴，继续沿着莱茵河谷地，向北驶去。

从车窗望出去，在莱茵河两岸的崇山峻岭上，有难以计数的葡萄园。一架架排列整齐的葡萄架，连绵逶迤，十分壮观。在我的建议下，翻译第一次给我们讲解关于葡萄园和葡萄酒的相关知识，她说，在德国，乃至整个欧洲，葡萄园分类很细，有法定产区（DOC级），还有保护法定产区（DOCG级）。葡萄的品种更是繁多，什么品种的葡萄，酿造什么品质的酒，都是有来头和讲究的……

我思想渐渐开起了小差，我想起灌木丛酒吧里那个年轻而残疾的女博士，想起她关于葡萄和美酒的谈话，想起她对生活的热爱和对美酒的迷恋，我心里不由升起感动之情。窗外的美景如诗如画，交替变幻，一张美丽女孩的面孔映现出来，和山峦绿树重叠，模糊又清晰……

不知为什么，我眼圈有些湿润。

从那之后，一直到现在——也许将来也是，饮用葡萄酒，成为我一大爱好，也成为我思想和情感的寄托。

民政局长和他的女儿

一

民政局局长韦宝钢，是老干部，参加过解放战争，淮海战役打碾庄的时候，一条胳膊被炸飞了。八十年代初，我在民政局做打字员，那时候的韦局长，已经五十七八岁了，有了一点老态，但精神很好，头发乌黑，走路劲团团的，声音也洪亮。我那时候对他有一点点崇拜，就是因为他少了一条胳膊。每当我看到他空着右衣袖，甩来甩去地走在县政府大院的林荫道上时，觉得他就是大英雄。八十年代初，还是一个崇尚英雄的时代，加上我也就是一个十七八岁的少年，看到英雄就在我的身边，心里热烘烘的。

民政局在县政府大院里，是一排老式的青砖平房。早上，我早早就到了单位，扛一把大扫帚，扫民政局门前的一块空地，往往是在扫到一半的时候，韦局长来了。

每次都是我第一，他第二。我想，如果我不来干临时工，该是他第一了。

韦局长在办公室里，用一只手淘抹布，擦桌子。他没有单独办公室，和几个副局长、秘书、还有我这个打字员，在一间大办公室里。其他几个股长，在另一间办公室里，还有一间屋，做来访接待室用。八十年代初的单位，还不像现在这么排场，大家都拥挤在一起，办公设施也简单，比如说办公桌吧，都是用了几十年的旧桌子，上面漆上字，编上号。

韦局长擦完自己的桌子，再去擦别人的桌子时，其他人也都上班了。他一个老同志，又是残疾人，又是一把手，自然不能让他干这些活儿了，于是，办公室里一阵客套声，最终，有人抢走了韦局长的抹布。而韦局长呢，每次都说，不碍事，照干。

他说不碍事，照干，我觉得他的话是真的。有一回，单位的人都集体参加一个会了，我扫完平房前的一大块空地，回办公室时，看到他把办公室收拾得亮亮堂堂，就连我打字机前散乱的文稿，都被他整理整齐了。

韦局长平时坐在办公桌前批文件，一般都不说话，偶尔交代秘书干点什么。秘书姓庞，他起草文件、写总结什么的，经常在家上班，或者躲在会议室里。副局长们下乡、应付各种会议，也经常不在办公室，因此，办公室里，常常只有我和韦局长两人。我打字，那时候可不是电脑，是机械打字机，我们叫它"磕头虫"，敲击的时候，会发出咯嗒咯嗒声。有时我会看到韦局长把眼镜滑在鼻尖上，眼睛使劲向上抬，死死地盯着我看。韦局长发现我看他了，又把头低下去，继续看文件。

其实韦局长不是在看我，他是在想事情。我不知道韦局长想什么。

有一天，办公室里只有我们两人，突然进来一个女孩，她打扮非常特别,头发烫得很松,披散在肩膀上,穿紧身的红衫,一条白色喇叭裤,红衫和喇叭裤都是裹在身上的,胸部和臀部,呈现夸张的 S 形。我很吃一惊,这样的装束,在当时,是典型的小流氓的打扮,而且她还化很浓的妆,眼皮和嘴唇涂成灰色的,使她的脸显得很苍白——也许并不苍白。应该说,她模样很漂亮,瓜子脸,脸形偏小,特别是高高的鼻子,细致而精巧。我被她的长相和装束惊呆了。我觉得胸窝麻了一下,发堵,心也跟着提了上来。

女孩径直走到韦局长跟前,说一句什么——从后来韦局长的动作看,是要钥匙的。韦局长没说话,从口袋里掏出一串钥匙,放在桌子上。女孩抓起钥匙,扭身走了。她没有看我一眼,也没有看任何地方。她步子很小,身姿却是摇曳的,像一条溪水流过。我不敢多看她,因为我发现韦局长看我了。

韦局长在女孩出门后,跟我说:"我家小五子。"

就这一句。声音很平,很稳。不知怎么的,我从韦局长平而稳的话里,听出了一丝对我的赞赏,仿佛在说,瞧瞧,这就是我家小五子,要像你这样踏实、肯干就好了。

这是我第一次看见韦局长家的女儿。

二

再一次见到韦局长家小五子,是韦局长让我帮他家拉煤球。那天雨后初晴,气温突然升高,太阳直直地晒在柏油路面上,我的塑料凉鞋都被烫透了。

我拉着板车,汗流满面的,韦局长在后边推,他衣服上也全是汗水。

韦局长家住利民巷五号，是一条很长的巷子，一个小小的上坡，拉到他家院子里，我已经喘不开气了。

小五子就倚在门边，在她头顶上是葡萄架上密密的叶子，还有一嘟噜一嘟噜青涩的葡萄。她正在照镜子。她知道我们进院子了，根本不看我们，在镜子里看自己的脸。她没有化妆，很素，穿一条玉白色裙子，很宽松的那种，大概就是睡裙吧，她的确也像刚刚睡醒的样子，姿态懒散，漫不经心，好像我们不存在一样。

韦局长家院子不小，院子里还有三间防震棚，这是1976年搭建的防震棚，一直没有拆掉，被他家当作厨房了。我把板车停在门口，往厨房里搬煤球。

小五子继续倚在门框上照镜子。她脸上光滑、细腻，她不停地照，干什么呢？我心里一直纳闷，直到把一堆煤球搬完了。

韦局长在水池上，打一盆水，让我洗手，但是，没找到肥皂。

"小五子，找块香皂给小陈洗洗手。"韦局长终于和小五子说话了。

小五子身子一闪，不见了。

小五子没有拿来肥皂也没有拿来香皂——她不见了。韦局长脸色不经意地一暗，喉结滑动一下，走进厨房，拿出一袋洗衣粉，说："用这个洗，这个也下灰。"

韦局长站在我身边，看着我洗手。我把半盆水都洗黑了。韦局长把水倒了，又打半盆。我洗好手，一转身，看到小五子拿着切好的西瓜，惊惊诧诧地看着我，说："吃块西瓜。"

"吃块西瓜，凉快凉快。"韦局长也说，脸色有些缓和。

我不好意思推辞，就接过小五子手里的西瓜了。小五子也扭身回自己的屋里了——葡萄架最东边那间。

直到这时候，韦局长的爱人，才拎着菜篮子回来——她买菜去了。韦局长的爱人瘦高，白，比韦局长要显年轻。她看到板车就知道是怎么回事了。她很热情，可以说有些过了度，她先让我进屋，看我不进，又搬出凳子，让我坐，我也没坐，要走，她又留我吃饭。我当然不能在局长家吃饭了，而且，才十点来钟，离吃饭还早了。

我离开韦局长家时，不由得往葡萄架东边的那扇门望一眼。

三

通过这两次接触，我感觉到，小五子是个内向的女孩，不喜欢和人打招呼，而且，和韦局长关系不太好——这当然是我个人的主观臆测了。

但是，有一次，下雨，办公室里没人，韦局长和庞秘书聊天，庞秘书说他家女儿准备上暑假的舞蹈班，学跳舞，说着说着就说到了小五子。说到小五子，我发现韦局长还是很开心的，他说他家小五子虽然没学过舞蹈，却很有跳舞的天赋，最有力的证据，就是小五子上小学时，参加红小兵文艺宣传队，是表演唱《四个大嫂批林彪》里的头号主角，里面有一段抱着板凳独舞的一场，小五子跳得最好，小辫子满天飞。说完了，韦局长笑了，而且脸上的笑容保持了好久。韦局长很少笑，这是我第一次看他笑，而且是因为小五子。

韦局长平时不笑，也没见过他生气。不过不久之后，我看到他真的生了一回气。

那天，隔壁的接待室里突然吵了起来。开始声音不大，后来就有人喊了。后来，负责接待的老李，就领着两个老人过来了。一进来，老李就说："韦局长，你看看这事……我不想让他们来麻烦你的……来来来，你们跟韦局长说。"

这两个人我也认识，老来上访，一个是平湖乡的，叫大老张，一个是横沟镇的，叫小老张。他们满脸情绪地坐在靠墙的一张条椅上，和韦局长谈了起来，大概是扶贫、救济、优抚、款子，涉及一头小猪，两只山羊，还有多少只鸭子什么的，然后声音也是越来越高。大致是，这两人是老复员军人，参加过抗美援朝战争，有定期的补助金，又都不是踏踏实实的农民，有些刁滑和不务正业，不想做事又想花钱，民政上常救济他们，给点扶贫款，就被他们喝酒了，后来不给钱了，给他们买羊，买猪，搞实物扶贫。猪羊他们也养不好，牲口有病也不治，稍长大就杀肉吃了。政府拿他们也没有办法，他们仗着自己都是有功人员，常到民政上要钱要物。民政上有的是钱，但也不能填这样的无底洞啊。开始谈，韦局长还能心平气和地跟他们解释，说一些引导的话。说着说着，大老张和小老张就火了起来，大老张扒开衣服，露出肩膀上的枪伤，冲韦局长喊道："我这是叫美国鬼子子弹打的，不是蚊子咬的！"小老张也激动地拎起裤脚，指着一块褐色的疤痕，说："我这是美国鬼子炮弹炸的，不是狗咬的！"

韦局长一拍桌子，站了起来，厉声喝道："你们跟我摆功？你们才扛几天枪！你大老张的肩伤不是蚊子咬的，你小老张的腿伤也不是狗咬的，我这条膀子，是狗咬的，行了吧！"

韦局长的话镇住了他们，他们都不说话了。

一边的老李赶快圆场道："走走走，到我办公室去谈。"

老李领着他们走后，我看到韦局长脸色依旧是铁青的。我感觉到，韦局长是不想说这话的，说这种话，并不体现他的水平。但面对大老张和小老张，似乎只有这样说才管用。

韦局长的这次发火，是唯一的一次，几天之后，就发生了让许多人意想不到的事——韦局长退居二线了。

因为事情很突然，我发现韦局长整整一个上午都在发呆。

退居二线的韦局长开始也还天天到办公室里上班。但，他没有文件批了，也没人跟他汇报工作了。新局长年轻，姓金，他把会议室腾了出来，作为自己的办公室。金局长的工作作风跟他完全不一样，经常开会，而且，是把副局长们叫到他的办公室开会。我看出来，韦局长有些失落，渐渐的，他上班，就迟到早退了，再往后，他就隔天来一次了，或者隔两天来一次，而且也不按时，或早或晚的，有时临近下班时才来，主要是来拿报纸看的。也不说话，拿了报纸就走。报纸就在墙上的信袋里，本来，他的名字排在头一个，现在，他的名字，排在领导人的最后了。他的信袋里，报纸很多，都累弯了下来。

四

有一天，大概是夏天快结束了吧，我正在打字，庞秘书走过来，把厚厚的一叠报纸塞到我手里，说，韦局长三天没来了，你把报纸送给他，顺便跟他说，《人民日报》、《参考消息》和《法制日报》，还有别的报纸，都调给金局长了，他只保留《连云港报》和《中国民政报》。

我骑着自行车，来到韦局长家，这是韦局长退居二线后，我第一次到他家来。一路上，我在想，怎么跟韦局长说呢？他听了，一定不好受。

韦局长不在家，我敲他家院门的时候，应门的是小五子。这太让我吃惊了。其实我应该想到，会和小五子见面的，可因为设想着韦局长听到减少报纸后的感受了，而忘了这个院子里还有一个美貌的女孩——我大吃一惊，是因为思想上没有准备，还有就是，她穿一件白色小背心，一条宽松的大花裤头，这是那个年代女孩子居家的装束，我看着她裸露的瘦俏而白嫩的肩膀，还有深深的胸沟，眼睛被晃一下，心也跟着晃一下。我想不起来我说了什么话。我只是听她说："俺爸不在家。俺爸回乡下去了。"

我拘谨地站在门洞里，她也没有邀请我进去。

在我临走的时候，她歪一下脑袋，浅浅地一笑，有两颗小虎牙。

韦局长再到局里拿报纸，他的信袋里，不再是鼓鼓囊囊的了。

这之后，我就常想着，什么时候再能到韦局长家啊，还能看到小五子吗？

机会很快来了。

国庆节快到的时候，庞秘书给我几张电影票，说："小陈你辛苦一趟，把这几张电影票，送到韦局长家。"

庞秘书一共给我四张电影票。一路上，我希望小五子在家，而韦局长最好不在家。如果还像上次那样，我一定要跟小五子说几句话。我一定不要心慌意乱。我不能只站在他家院门口。我要走进他家的院子。我要问她，怎么没上班？再问她，你在哪里工作？

但是，让我非常失望的是，小五子不在家，韦局长在家。韦局长接过电影票，又撕下一张，说："我们家只有三口人，用不了四张，你把这张带给庞秘书。"

在韦局长说话的时候，我偷眼望一眼小五子房间的门，我看到那扇门关起来了。不过院子里晾了几件漂亮的衣服，那是小五子的。我在那些花花绿绿、大大小小的衣服上多看了几眼。

离开韦局长家,我心里怅怅地,像丢了什么。我下意识地回头望一眼韦局长家的院门。

回到单位,向庞秘书交差。庞秘书接过那张电影票,说:"四张对呀,还有小五子的男朋友嘛。"说完,庞秘书又若有所思地"噢"一声,仿佛刚刚悟到了什么。庞秘书把电影票给了我,说:"小陈你晚上去看吧,《我们的田野》,听说很好看。"

我接过电影票,马上就喜出望外了,因为这张电影票,紧连着韦局长家的那三张,说不定,我会和小五子紧挨着坐一块的。

接下来的整个白天,我都在想着晚上的电影,想着小五子,想着我们会坐在一起吗?我手里的这张电影票,是五排七号,那么另三张应该是一号、三号和五号了。如果韦局长坐一号,他爱人应该坐三号,小五子坐五号,这是最好的结果了,也是唯一最好的结果。

电影是晚上七点半,我早早就来到电影院,躲在一个角落里,注视着五排中间的位置,等着韦局长一家,看他们是怎么坐的。我看到他们一家进来了。韦局长走在前边,身后跟着他爱人,最后是小五子,我心里嘭嘭地跳,如果按照这个座次,我的目的就达到了。

小五子依旧化很浓的妆,穿很时髦的衣服,特别是拖地的白色喇叭裤,在昏暗的电影院里,显得异常地明亮。

我还看到民政局的其他一些人。

在第一遍铃声响起的时候,我坐到了我的座位上。我身边就是小五子,她身上香气扑鼻,我坐下的时候,身体故意挤向外侧——我怕碰到她。其实我心里是非常想碰到她的。

她穿一件黄衬衫,胳膊高高地卷着。她的胳膊搭在扶手上。如果我的胳膊也搭在扶手上,就能贴着她的胳膊了。但是,说真话,我不敢。

我看电影一点也不专心。我无数次地想着，我的胳膊该不该搭在扶手上。我害怕我的目的过于明显，让她心里瞧不起我。

我身体不由得下滑，当我重新坐好的时候，我碰到她的胳膊了。天啦，我真的是无意的，我只不过是习惯地把胳膊搭在扶手上，我的胳膊就贴上她的胳膊了。她的胳膊像泉水一样滑，也像泉水一样凉。是的，很凉，我不知道女孩的胳膊为什么这么凉。我紧张着，想把胳膊拿开，但是我实在不想拿开。

我就这样坐着。

我们就这样坐着。

五

我真不敢相信，我会听到这样的消息——小五子被抓起来了，是流氓罪，具体说，是在西双湖跳裸体舞。

几天来，办公室里都在传讲这个事。庞秘书在跟老李说的时候，一脸可惜的表情。老李也是唉声叹气的，说："韦局长家五个孩子，前四个都很听话，当兵的当兵，工作的工作，就这个小五子，让韦局长操碎了心。"老李说："韦局长是老干部，民政局又属于政法口，会不会照顾一下呢。"庞秘书只说一个字："难。"老李说："找金局长说说，让他去讲讲情。"庞秘书和老李就去找金局长。金局长也无可奈何，这是全国第一次"严打"，没有情面可讲，听说还要杀一批。

没有谁比我听到这个消息更难受了。

一连几天我都感到不安。我天天都机警地竖起耳朵，想从庞秘书、老李他们那里听到关于小五子的消息，或者韦局长的消息。奇怪的是，他们不再谈论小五子了，连韦局长他们也好久不提了。韦局长的信袋里，报纸越来越厚了，已经要塞不进去了。终于有一天，老庞说："韦局长好久没来了，小陈你跑一趟，把报纸给韦局长送去。"

我跑到韦局长家。韦局长家关门上锁，没有人在家。我只好从门缝里，把报纸塞进去。我想，小五子要是不出事，她肯定会给我开门的。可她出事了，她跳裸体舞……她干吗非跳裸体舞呢？她裸体跳舞是什么样子呢……我想象不下去。我那时候也就十七八岁吧，还不像现在的孩子那么早熟。我只是遗憾地想，我再也见不到小五子了。

但是，出乎意料的是，我又看到她了。

我住在收容所的院子里，院子里还有一个小院，有十二间平房，是安排需要遣送的外流人员住宿的。那时候，收容所已经撤销，所长老唐也住在院子里，我住在他家隔壁。老唐的爱人我叫何姨。那天早上一起来，何姨就神秘地跟我说："小陈，你不知道吧，夜里关了好多人在后院里。抓太多了，公安局关不下，只好关到我们后院了。韦局长家小五子也在这里，我上午看到她洗菜了。"

我心里一惊："哎呀，我没看到。"

"在你宿舍也能看到的。"

何姨进了我的宿舍，她让我打开窗户，向后院望。后院确实已经变了，那十二间平房的门上，都装了大铁锁，闲置不用的三间厨房，也启用了。我看到水池上有人在洗碗。

何姨也把头伸过来，她突然小声叫道："看看，小五子！"

我看到了，水池上洗碗的一男二女中，有一个正是小五子，她穿白色的衬衫，略略地有些大，可能不是她的。她长长的卷发绾在脑后，脸色依旧苍白。她正从水池里往外捞碗。那碗太多了，她一只一只地往外捞，好像永远捞不完似的。在她腿边的竹筐里，碗已经摞很高了。我情绪有些激越。难受是不可避免的。我感觉她太孤立无援了。我看了她好久。直到黄昏来临，直到她被叫进了某间屋里，直到穿制服的干警锁上了门。我注意到，小五子在走进监房时，向大门口望一眼，她是希望那里出现她的家人吗？小五子，小五子，你看到我了吗？

"一间屋里关几十个，小五子能出来干活，肯定是韦局长走的后门。"何姨说。

这是我最后一次看到小五子，没想到竟是在这样的境遇下。

我后来从我的窗户多次向后院望去，都没有再见到小五子，洗菜、洗碗的人换了好几拨，她都没有再出现过，她是转走了呢，还是放出去了呢，还是关在某一间屋里？我都不知道。我上班时也再没有听到关于韦局长和小五子的任何消息。直到有一天，上访的大老张和小老张在接待室和老李吵架，我才听他们提起一次韦局长。那是春节临近的时候，我听大老张说："韦局长退啦？凭什么啊？韦局长身体那样好，能干到八十岁呢。"小老张也大声叫道："那我们有困难找谁啊？"

不久之后，我离开了民政局，关于韦局长和他家小五子的消息，我是一点也不知道了。

伞

雨说下就下了，猝不及防的。我刚进小区大门，雨点就密集起来。感觉这雨，就像专门等我一样。我头一缩，用百米冲刺的速度，向楼洞冲去。

突然有人喊我。是"嗨嗨"的一声声。女声，尖锐而迫切。我一眼就看到女人的位置——从摇下一半的车窗里跟我招手。同时，我也发现她惊人的美丽。我认识她吗？不认识。她在喊我吗？肯定的。我没有丝毫犹豫，钻进她车里。还好，我身上虽然落满疯狂砸下的雨点，也算没有成落汤鸡。而就在我钻进车里的一瞬间，雨势如瓢泼一样。车顶上响起连成一片的"啪啪"声，已经听不到"点"了。

女人年轻（真实年龄无从判断，也许二十八，也或三十二），叫女孩应该更为恰当。她清丽、妩媚，虽然坐在车里，也如夏日荷花一样，给人亭亭玉立之感。我上车后，她不再慌张，而是微微笑着，半隐半露着白玉般的牙齿。她两手搭在方向盘上，穿很小的藕荷色T恤，一条七分牛仔裤。她是邀我躲雨吗？不太可能吧？

果然，她明媚的笑只是开场白，接下来便是略显羞涩地说，你看，我开不出去了，前边的车……还有左边这辆……请你帮帮忙……

原来这样啊。我也看到了，可能是大雨临来时，车停得慌张吧，左边这两车斜在车位上，前轮还扭着；右边那辆又紧贴着；前边防火通道对面，是一排几辆的车。她的车，出去真的很难。我坐在车里观察一下，透过雨雾，目测几辆车的距离和空间，还是能勉强通过的。我点点头说，可以。她说太好了，太感谢了。随即打开车门，撑起伞，钻出去，又从后边上了车。哇，这雨。女孩收着伞，感叹着。

我从副驾驶位上，移到驾驶位置，再次目测车距。一把肯定出不去。我想，我要在她面前展示一下车技。

还好，只用三把，就把她车开到可以畅通的通道上了。

她再次说谢谢。我听出来，她的谢谢是真诚的。她要把伞借给我用。她说，带上伞，这雨太大了。

我是打着她的伞，走在雨中的。我不用狂奔了。雨势较刚才也平缓了些，路面上的水花像精灵一样跳跃。我心情特别愉快，甚至有些美滋滋的。助人为乐，而且助美女，更乐。只是伞太小，是太阳伞，浅蓝色，还有水绿色花边，一看是女孩专用伞。

乘上电梯，来到二十一楼我居住的出租屋，站到窗口，向女孩停车的方向望去。那儿一片雨雾迷离。我觉得今天虽然遭了雨，也是好运。我运气一直不好，去年租住在这里，给一家动漫公司写动漫脚本，一直不顺，第一稿基本报废，第二稿，制片人是勉强通过了，导演又来了病，认为我的作品，有成人化倾向，甚至我还听她和制片人讨论退稿费的事。现在这段时间，又没有动静了，可能是把我的本子送给那些狗屁专家审去了。今天的奇遇（或许是艳遇也未可知），能改变我的处境吗？

　　我把女孩的伞支在阳台上，淋下的水在阳台上汇成一汪，把我散乱扔在阳台上的几双脏鞋泡了。我也懒得去收拾。我看这把漂亮的太阳伞，在我阳台那堆乱物间，极不协调，甚至是怪异。接下来，我如何把伞还给她呢？一来，这是一把女式的太阳伞，不适合我用；二来这把伞显然是新伞，我不能帮人一个举手之劳的小忙，就赚一把伞啊；三是，借伞和借书一样，在归还时，可以借机多见一面。但是，女孩住哪幢楼呢？她的车我记得，一辆白色小宝马，停在十八号楼（也就是我住这幢楼）下边，靠水池的绿地旁。

　　几天后的一个周末，我到粥鼎记吃晚饭。我有这家饭店的饭卡，充五百送二百的那种，临出门时，天色阴晦，有下雨的迹象。我顺手就带上那把太阳伞。

　　吃完饭回来，天还是阴晦的天，并没有下雨。

　　我拎着这把伞，进入楼厅时，看到电梯门正打开，等电梯的一男一女刚进入电梯。我急忙喊道，等等。

　　我冲进电梯，顺势对按住开门按钮等我的男人点点头，以示感谢。再一看他身边的女孩，我惊住了，这不是那天请我帮她开车的女孩吗？我手里正拿着她的伞呢。正好可以把伞还给她。但是，女孩不经意看我一眼后，立即扭过头去，把脸埋在男人的肩窝里。我笑了一半的脸僵住了，伸出去一半的手也尴尬地停在半空。好在，我还知趣，对于假装不认识我的女孩，没有自讨没趣地多嘴。我也把头扭到一边。我看到他们是到十五楼。

　　第二天一早，我利用晨练时机，把女孩的太阳伞，挂在她小宝马的倒车镜上。

　　吃过早饭，回到房间。好奇心驱使我坐在窗口的露台上。因为我所在的位置，正好可以看到那辆小宝马。我要看看她是如何对待那把伞的。

不出我所料，她是七点五十分，和男友（大概是吧，也许不是，反正我是头一次在小区里碰见他）走到车旁。女孩显然看到那把伞了。那是她自己的伞。我看到她从倒车镜上取下伞，走几步，扔进了垃圾桶。

软卧车厢

（一）

车厢里流动着丝丝凉气——中央空调真好，没有动静，冷风也是柔软的，淡化了刚一上车时的紧迫、焦虑和狂躁。

但是，且慢，似乎有动静——女孩的喘息——古吉敏感的鼻子，一下就捕捉到这样甜腻的异味，一回头，果然……吓他一跳。天啦，古吉从未见过这副模样的女人，不是丑，而是丑得绝对有水平，主要体现在下巴上。如果你见过优美下巴的话，她的下巴不是不优美，也不是下巴变型，而是没有下巴，嘴下边就是脖子，齐斩斩的。或者说，下嘴唇直接连着青筋暴起的瘦长颈。

古吉是个很会宽容和原谅的大龄青年。对女人已是曾经沧海，更能从多方面体谅对方，不会去计较她们的长相啊身材什么的。人嘛，尤其是女人，更尤其是年轻女人，总有美丽的一面，至少也是局部美，比如膝盖，比如脚踝，比如小腹，你看她的眼睛，不就清澈而明净嘛。但是，说实在话，就要和自己同处一个软卧车厢的时尚女孩，竟让他一度失去多年修炼的风度，打内心里反感起来。

"真凉快。还是软卧好。"她话音一落，跟着就突如其来地扬起声调，从低八度，突然转到高八度，"啊，要是下铺更好啦！"

古吉感觉她的话里隐含的意思，是让他也跟着附和？但是古吉还在刚才的思绪里延续着，她脸部有缺陷，说不定有一双美手，也或丰臀，也或细腰，也或酥胸，总之，上帝是公平的……眼睛，对呀，如此纯净的眼睛，也是一美啊。

"你是下铺吧？"她声音咯嘣脆。

古吉不能不回答了："上铺。"

女孩叹息一声，意思很明了，如果古吉是下铺，她可以和他调换一下。但是，女孩并没有完全失望："要是没人来就好了。"

古吉心想，下铺就这么好？这是软卧，只有上下两层，比硬卧已经舒服多了。古吉还想，不会没人来的，他在网上订票时，软卧只有三张了。至于硬卧，一张没有了。

（二）

车厢里的明暗快速交替——推拉门滑向一边时，又滑过来另一扇巨大的门——堵上一个高大的青年。青年一脸灿烂的青春痘，他俯眼盯一下女孩——那是他的座。青年眉头下意识地拧到一起，神情不言自明，他讨厌别人坐他的铺位。

女孩的脸立即暗了。显然她读懂了英俊男孩的面部语言。

女孩小鼻梁一皱，起身，带着被娇宠惯了的小清新样，裙子一飘，划过对面古吉的腿。

古吉仿佛被利器割一下，说："坐。"

女孩嘟一下嘴，坐在古吉身边。不知是有意还是无意，精瘦的胯骨再次划过古吉的腿。古吉大腿上再次被划一下，只是感觉大不一样了。古吉不自在起来，收一下自己的身体，顺带看到对面的男孩，把包扔在床上，已经利索地换了拖鞋。

女孩浑身充满仇视，她看对面的男孩换好鞋、拿出平板电脑、痛快躺到床上时，"嗖"地站起来，负气地拎起裙子，从古吉的头上，爬到上铺了。

古吉看到她长裙里一闪即逝的两根芦柴棒似的瘦腿。

接着，上铺上响起噼噼啪啪的乱响。裙子的一角，滑落在古吉的额头上。古吉像掠长发一样，把裙角掠到一边，捏住，悄悄送回上铺的床沿。那块裙角水一样又流下来。古吉再次送回去时，碰到女孩的腿。女孩敏感地抽搐一下，伸下脑袋，怒视着古吉，足足有三秒钟。

（三）

一个身材矮胖的男人，探头向卧铺车厢扫一眼，边接电话边退回去。

古吉立马就知道，他也是这间软卧车厢的旅客。古吉是上铺，和女孩相对。那么，这个矮胖男人，应该是此时古吉坐着的铺位了。

古吉起身，爬到对面的上铺，躺下了。

现在的格局是这样的，列车向南行驶，软卧车厢床位呈东西向，古吉和英俊男孩为一组上下铺，女孩和矮胖男人（正在走廊打电话）为一组。也可以这样表述，古吉和女孩在上铺，英俊男孩和矮胖男人在下铺。

古吉看到，在离他一胳膊远的地方，女孩侧卧着，清澈的大眼睛，正盯着他。古吉吓了一跳，似乎笑笑——也许并没有笑，只是肌肉震颤一下，连皮笑肉不笑都不算。

女孩回应他的笑就是，翻过身去，把瘦俏的肩膀对着他。她连衣裙太宽松了，露出陡峭的锁骨，白色文胸的带子松松地滑到胳膊上。

"好，"矮胖男人又进来了，手里多了一只很小的行李箱，依旧在接电话，"好，胡厅长……这么办也是可以的，那就这样处理吧……好，我有数……"

听话听音，古吉意识到，此人是高官，能和厅长心平气静地说话，至少官阶不比对方低。

收了电话，矮胖男人不经意看一眼他上铺的女孩，坐到自己的铺位上，面无表情地脱皮鞋，换拖鞋，又摆弄几分钟手机后，躺到床上了，还小心地拉了白被单，盖在肚皮上。

让古吉大为吃惊的是，矮胖男人刚一躺下，鼾声就隆隆地响起了，仿佛头离枕头还有一段距离，就睡着了。真是好觉啊。

矮胖男人的鼾声惊天动地。一开始，像是一台老旧的拖拉机，轰轰隆隆开过来，停顿一下后，开始抽风，"嗞嗞嗞嗞嗞……"紧接着是憋气，憋了三分钟，然后响起噗噗响亮的"屁"声，"噗，噗，噗……噗噗噗噗噗……"

然后，又是新一轮的循环。

在矮胖男人"噗"之前的憋气中，古吉老担心他一口气上不来，憋了过去。还好，那一路噗噗声是欢快的。循环而起的拖拉机声，虽然有些吃力，也还不至于熄火。

古吉的失眠由来已久，还是准备硕士论文时惹下的。现在，是他准备博士论文的时候了,没想到会在列车上遇到这个鼾声怪异的同行者。

古吉开始焦虑,开始心烦,开始无助。就在这样的焦躁中,古吉无意中瞥见,自己下铺的英俊男孩,正在玩平板电脑。可能是矮胖男人的鼾声,让英俊男孩不快吧,他把声音调高了一些,随即又调小了一些。但是,平板电脑发出的声音,比矮胖男人还怪异。古吉勾勾脖子,看到平板电脑上的画面,两男一女正在赤裸地表演性爱——原来他在看黄片。古吉躲开目光。古吉的目光没有躲得太远,居然落在对面女孩的身上。古吉这回倒是吃惊了,女孩的目光,正偷窥英俊男孩的平板电脑,脸上是一副紧张的神色。

(四)

可以分析一下卧铺车厢的形势了:一边的下铺上,矮胖男人鼾声如雷;他上铺的女孩正津津有味地偷窥英俊男孩平板电脑上的黄片;古吉正受鼾声的折磨;而他下铺的英俊男孩,已经彻底进入了剧情。

女孩看古吉发现了她的偷窥,脸红一下,抬起瘦长而白皙的手臂,把床灯关了。

卧铺车厢里,进入另一个环境,夜的环境。只有英俊男孩平板电脑上,还在演绎着暧昧剧情,也闪烁着明暗不清的光。

不知过了多久,古吉看看手腕上的夜光针,已是凌晨两点四十分。古吉的眼睛睁睁闭闭,都是强行的。如此数千个回合,就是钢铁设备也受不了了。古吉感到眼睛四周涩涩的,说不清是酸胀还是疼痛。

矮胖男人鼾声依旧，三步曲丝毫不乱：拖拉机，憋气，屁声，在寂静的夜行列车上，明确而清晰。英俊男孩平板电脑上的剧情，还是没有抵挡得住瞌睡的冲击，一个小时前，他关了电脑。对面床铺上的女孩仿佛也睡了。说仿佛，是因为，女孩偶尔还发出些许轻微的响动，或伸腿，或翻身，或呼吸，古吉居然听得真真切切。

车厢里，只有古吉的眼睛，对着车顶，眨巴着。

列车飞速经过一个小站时，灯光闪烁而跳跃。古吉谨慎地侧过身体。蓦然间，他眼前出现一只手，一只苍白的手，孤零零地静止在两张卧铺中间。古吉吓得骤然抽气，心跳也停顿一下。再一看，对面一双猫似的眼睛，晶晶亮着，盯住古吉。

列车再次冲进夜色中。而那只苍白的手还在，还悬挂在黑暗里，悬挂在古吉的心里。

古吉心里便多了一只手和一双眼睛。

古吉不敢翻身，不敢喘气。本能的，古吉伸出手，在面前的黑中捞一把。古吉准确地捞到了那只手。古吉再次惊一下，这只手纤细而冰凉，似乎没根没绊，孤独无依。古吉想放了这只手，就像放生一条鱼，让它重新游在黑暗里。但是，他怕这只手"啪"地落进黑暗的深渊，被黑暗轻易地溶解。

似乎只是转念间，古吉思路发生变化，那只冷寂的手，反过来，握住了古吉的手。只是那种清凉依旧。古吉不明白，为什么女孩的手那么冷，一直冷到骨子里。

（五）

古吉是被手机铃声吵醒的。

古吉的手,和女孩的手,还扣在一起。

"谁呀……刚睡……才几点啊……五点半你就闹我啊?我不是告诉你八点才到吗?烦不烦啊你……都五点半啦?真快……我也爱你呀……"

古吉听不清女孩的话,他考虑如何放了女孩的手。但女孩的手用了下力,似乎在提醒什么。古吉得到一种未知的讯息,心里顿时安静下来,与此同时,隐约袭来一丝倦意。

自 杀

"自杀防治中心"主任陈云清是个成就卓著的社会学家,早年曾任电视台"心声热线"主持人,对来信来电中涉及的自杀问题尤为关注。经调查和有关资料显示,全世界每年因自杀而亡的人数约在二十万左右,中国每天也有数千人自杀。陈云清心情沉重,自知责任重大,的确有必要成立一个专门机构加以预防。

中心成立伊始,第一个来中心求救、咨询的是,一个年仅二十出头的某医科大学女学生,生得清秀恬静,她向陈云清哭诉两次不幸的恋爱经过。第一次,她心目中的白马王子向她坦陈已有心上人了。遭到爱的拒绝后,她想以死殉情,可见爱之深。后来不甘心,故意找"白马王子"的朋友替代,以发泄苦闷。结果这次却碰上了玩弄女性的情场老手,于是"死"的白玫瑰向她招手了……陈云清及中心成员轮番和她谈心,告诉她,生活中除了爱情还有其他更重要的事情,还告诉她别的很多很多,女大学生终于用微笑抚平了心里的创作。

某地一男青年,患严重神经衰弱症,长期失眠,莫名地狂躁,不安，忧心忡忡，寻死成了他唯一的念想，但死了三次，都因被及时发现而获救。他到中心诉说心灵和精神上的双重痛苦，陈云清面对他的陈述，和他一起分析原因，寻找对策，指出他生理优势，体能潜力，开一些阅读书目，要他写生活日记，并劝他住院治疗。男青年愉快地接受了他的指导，特别是"阅读疗法"，更让他重新找到了人生的目标。

中心成立几年来，类似事例不胜枚举，被他救治的人大都和他建立了通讯联系。他还有一个更令病人感动的举措：跟踪服务。他热心地穿梭于全国各地，和形形色色企图自杀的人交流，谈心，了解其生活现状、过去和对未来的设想。人们何时看到他，他都精力充沛，红光满面，讲话时条理清晰，侃侃而谈，古今中外，人生理想，道德情怀，人文观念等等如数家珍，如果把这些话语记录下来，简直就是一篇好文章了。

陈云清也因此赢得了社会学家等多种头衔。

尽管已经年近五十，尽管成就和地位已足以令人敬慕，但他依然不满足，在多年的预防自杀的工作中，陈云清掌握了大量的第一手资料，埋在他心中的创作欲望像火山一样喷薄而出，他决定研究并创作世界第一部《自杀学探讨》的专著。

在他看来，自有人类以来，就存在自杀现象。今天，自杀已为人类十大死因之一。社会越文明，自杀现象越严重。

他还认为，研究自杀的目的，是为了防止自杀。总结社会上出现自杀现象的原因，分析自杀现象的不同特点，端正对自杀事故应持的态度，这样，才可以减少自杀的发生。

为此，陈云清研究了大量自杀现象，从中国古代到当代的自杀事例，他一一作详细剖析。他白天工作，晚上写作，从不停手。几年下来，他的"论自杀"系列手稿，在桌上已叠起了一座高高的小山。

他似乎对自杀看得很透彻。他深谙自杀的前因后果。在他的论著中，自然少不了他首次接待的那个女医科大学生的案例。中心的其他成员都知道他和她有过多次接触和交流。他自己也认为这是他关于自杀研究的得意作品之一，是他论著的重点材料。中心的其他成员为了这部论著也倾注了极大的心血，主动承担中心的大量其他事务，并积极为他提供新的病例，使他的资料更加丰富。

然而，就在他的论著行将付梓的时候，我国第一个防治自杀机构的组织者和负责人，一个有名望有地位并学有所成的社会学家和防治自杀学专家陈云清却在他的寓所里悬梁自杀。

自杀学专家自杀身亡的消息引起社会各界的广泛关注和重视，新闻机构大肆渲染，各界知名人士也大惑不解，他救治过的企图自杀者更是痛不欲生，他们回顾、怀念陈云清的为人和业绩，他和善的面孔，循循善诱的话语和自信的目光，都是人们百谈不厌的话题，人们自发地为他组织了隆重的追悼大会，花环、翠柏、挽联布满追悼大厅。

没有人注意到，在庞大的悼念队伍即将散尽的时候，一个高挑清瘦的女孩，神情悠远而复杂地出现在追悼大厅门口，自然，她也是众多悼念者之一。

有 病

完全是一个意外,我被查出了病,而且还是心血管方面的,潜伏很深,也很严重,如果不抓紧治疗,发生病变时,后果不堪设想。

不堪设想是什么?就是有生命危险呗,至少是存在这方面的可能。

其实我被查出这个病也是自找的。我不过是进行每年例行的身体检查罢了。都怪我多嘴,我说我这些年检查,每次都是绿灯,什么病都没有。医生肯定地说,不可能吧?我想想,说,对了,其实我心跳可能有问题……

于是,我的病就被查出来了。

这几天我的心情和这倒霉的初夏天气一样,一直处在不断变化中,忽而阴,忽而晴,忽而晴转多云,忽而多云转晴,总之没有一时平静过,都是这该死的病。

给我看病的是一个中年医生,姓邓。邓医生据说在心血管方面是个权威,经常到医学院去讲学,更是三天两头被友邻医院请去做手术。我对邓医生的诊断当然不会怀疑了。但是,人到危难的时候,总会多一些想法的。为了进一步确诊,我又托一个朋友,找到医院的另一个权威——郝博士。郝博士相比较邓医生来说，更为年轻，她还不到四十岁，理论水平在全国赫赫有名，发表心血管方面的论文十余篇。我听我朋友介绍说，郝医生是个尽力尽职的好医生，口碑和医术一样，得到医院和病人一致的好评。我相信朋友的话，而且，看起来，郝医生还是个难得一见的美女。

郝医生果然表现得非常专业和仔细，她在对我的病史做了详细的了解之后，又动用了各种先进的仪器，对我做了全面的检查，得出的结论和邓医生如出一辙，我的心脏存在巨大的隐患，如不采取手术，在发病时很可能出现危险。从郝医生涓涓如水的细语中我能听出来，所谓危险，就是小命难保啊。我自然是紧张了。但是，病在我身上，我觉得，我的心跳时而快，时而慢，毕竟还在跳，还不至于出现停跳的现象。因为我的这个毛病，可以说从我记事以来，就有了。如果我不去做这个检查，没有人会说我有病的。我自己也一直没觉得有多么地严重，就是说，在我人生五十年的历程中，我的心脏一直在带病工作，或者换一种自我安慰的说法，我的心脏已经习惯这种病症了。

但是，这只是我的一厢情愿，医生坚决不同意我的观点。

给我看病的两位医生，几乎每天都要给我打电话，询问我什么时候做手术。

关于手术，我也做了了解，就是从耳朵旁边的一根血管里打一个洞，把一个装置从血管里透进去，一直伸到心脏里，用邓医生和郝医生的专业术语讲，就是给心脏装一根导管，把一个辅助心脏跳动的器械装在心脏里，这样就能保证在心脏突然发生停顿的时候，让我的心脏正常跳动。

听起来是不是有些危言耸听？

而且这种手术刚从国外引进时间不长，是不是很成熟还难讲。但是从两位医生的口气中，他们似乎很有把握。

邓医生又给我打电话了，他口气显然比前几次急，他甚至威胁我说，没见过你这样的患者啊，对自己这么不负责任，对生命这么不负责任，这个手术现在已经很成熟了，仅从技术上讲，可以说是小手术，价钱也不贵，也就四万来块钱吧，有什么好犹豫的呢？

刚结束和邓医生的通话，郝医生的电话又打来了。她虽然没有表现出和邓医生那样的急促，从话里也听出来，她也十分想给我做手术的。她循循善诱，苦口婆心，晓之以理，动之以情，劝我越早做越主动，否则，不知道会有什么样的结果。

我有些犯难了。一方面，我理解两位医生为什么争着要给我做手术，肯定是出于经济利益，说白了，他们会从我这里赚取一笔不菲的医疗提成吧？另一方面，是我私下里认为，两位医院的顶级高手，争先恐后地要给我做手术，或者是出于某种竞争——究竟谁是这方面的权威。

这种境遇，对患者来说，是祸是福，我不得而知。之所以犯难，是我不知道该请谁给我做手术。

不过我倾向于郝医生，一方面她是女性，可能会更细心一些，另一方面，我是托朋友找到她的，她或许会更负责更认真。基于这样的想法，我于一个阳光灿烂的上午，来到郝医生设在病房的办公室。郝医生不在，可能没走远吧，我也没有去向走廊上那些来来往往的护士和病人打听，因她今天不到专家门诊去值班，就算是去病房查房，应该一会儿就回来的。

我在她办公桌对面的椅子上坐下了。

郝医生的桌子上放着一叠稿子，我随意地瞄一眼，看到那一行黑体标题字和下面的副题，知道这是一篇论文，而且，论及的就是我患的这种病。我拿过论文——其实只是一种好奇心——读下去，在读到郝医生列举的病例时，我心跳突然加快了，因为她举的这个病例和我极其相像，再往下看，我的名字非常醒目地出现了——她写的就是我——我还是愣住了，因为我的手术还没有做啊？我怎么就成了她的病例了呢？而且还是她施行这种手术的第一个病人。我一下子悟出了她为什么非常想给我做手术的原因了。

　　我的电话又响了。是邓医生的。邓医生不会也是因为论文才需要我这个病人吧？我有些害怕起来……

钥　匙

早上，洗漱完毕，简单吃过早点，小娅准备去上班。

小娅找钥匙锁门，却怎么也找不到了。

小娅感到纳闷，钥匙会丢在哪里呢？小娅的钥匙只有三把，一把大门上的，一把办公室的，一把柜子上的，串在一起，外加一个类似于饰品的金属小链，平时都是放在包里的，她把小包翻了好几遍了，依然不见钥匙的影子。小娅又在抽屉里找。屋里只有一张桌子，两个抽屉。由于刚搬来不久，她也没在抽屉里放任何东西——两个抽屉里空空如也。小娅又在床上找，就连枕头底下都找了，钥匙好像故意和她捉迷藏似的，不知躲到哪里了。小娅那个急啊，都想哭了。小娅上班的单位不远，因为找钥匙而迟到肯定不好，怎么办？小娅只好给单位领导打电话请假，说家里有点事，要处理一下。领导问她什么事，她吞吞吐吐没说出来。领导也善解人意，就准了她一天的假。

整个上午，小娅都在找钥匙。小娅请过假了，不急着上班了，心情就开始平静一些，她仔细地回忆——昨天晚上参加一个朋友的聚餐，喝了一点点红酒——只是浅尝一下，几乎不算喝。那个朋友新近失恋了，同居一年半的男友，因为另一个女人而离她远去，她悲痛欲绝，几乎不知道以后怎么活下去。小娅能说些什么呢？这时候的安慰话轻得连羽毛都不如，但也只剩安慰这一条路了。小娅和她有过相似的经历，只不过留下的伤痛更深——同居三年而劳燕分飞。小娅自然想到自己的不幸，回来时便神情恍惚。但是，拿钥匙开门，她是记得清清楚楚的，还产生了一丝小小的烦恼——找钥匙孔时，把钥匙掉到地上了。因为这个，小娅就能清楚地记得，她昨晚上是开门进家的——就是说，钥匙是她进门后丢失了的。那么会不会钥匙留在门上没取下来呢？也不可能。因为小娅每天晚上都反锁门的。又因为锁是老锁，只能用钥匙才能从里面锁，而今天早上小娅确实发现门是反锁上的。如此说来，钥匙还在屋里。小娅又开始新一轮的寻找。这一次她找得更细了，连床底下桌子底下椅子底下都找遍了，甚至把卫生间的垃圾桶都翻了个底朝天。结果仍然一无所获。

小娅开始后怕。平白无故的，钥匙还能长了翅膀飞啦？如果不是飞了，就是被人偷走了……小娅想到这里，后背起了一层鸡皮疙瘩，她不敢想象，屋里隐藏着一个小偷，在她进入梦乡时，拿了她的钥匙，开门逃走后，再锁上门，连钥匙都带走了。这下小娅慌了，小偷会藏在哪里呢？她环视一下屋子，感到到处都有危险。

这是一套两室一厅的房子，她住带阳台的一间，另一间被房东锁上了，说是放着自家的杂物。小娅先在厨房、卫生间里查看搜寻，试图发现蛛丝马迹。小娅什么都没有发现，连地板都干干净净的。小娅最后盯着锁死的那个房间看。小娅能看到什么呢？门板冷冷地和她对视着，只是不知道房间里会有什么。小娅从来没想过房间里会有什么,这一阵她不得不想了,这间房里会不会住着一个人?这个人平时不出来,只有趁她上班不在家时,或夜里熟睡时,才出来活动……还有这个储藏间,两个拉手上绑着一条链条锁的储藏间,在小娅的眼里也突然恐怖起来……它会不会也在她睡熟时打开……

小娅吓得钻进自己的房里,关上了门,跑到阳台上。

阳台上阳光白花花的,窗口下边的长街上车水马龙……小娅还是怕,心都要跳出来了,她掏出手机,给朋友打电话。她结结巴巴地让朋友赶快来一下,到她家里来。朋友不知道出了什么事,问一声,怎么啦?小娅几乎是泣不成声地说,出事了……

朋友曾经来她家玩过,路熟,离这里也不远,不到半个小时就到了。

朋友了解事情真相后,决定打电话给房东,请求换锁。房东自然不愿意,说一把锁几十块钱。朋友说这钱不用房东出,由她解决,房东这才勉强答应。

在换锁师傅工作的这段时间里,小娅要求房东把锁上的那个房间打开来看看。房东虽然不高兴,还是打开来了。小娅一看,里边全是书,好几个书橱,还有一张沙发,沙发上也堆着书,确实没有别的东西。小娅瞅着绑着链条锁的储藏间。房东知道小娅的意思,把储藏间也打开了,居然也是书。小娅长吐一口气,放心了。

一切收拾停当,小娅还是不让朋友走。朋友只好留下来陪她一夜。

就在晚上睡觉时,小娅感到身底有东西硌人,起身检查,居然是一串钥匙。

小娅和女友拥抱在一起,小娅哭了。朋友劝她,劝着劝着,也哭了。两人越哭越伤心,稀里哗啦地哭了半宿。

谁知道她们哭什么呢?

卷二·后河底街

早 晨

八月一个阴晦的早上，古志刚从床上醒来，在床底一堆脏衣服中，挑选一件相对干净的T恤，放在鼻子上闻闻，虽然有种怪异的酸臭味，毕竟是自己的气味，还能忍受得了，便草草地往身上一套，出门了。

凌晨的街道人迹稀少，天空阴沉沉的，气压很低，古志刚扩展一下胸，深呼吸几口污浊的空气，有种喘不过气来的感觉。路边隔离带里的花花草草十分灰暗，不像是沾染许多灰尘，仿佛与生俱来一样，这和他此时的心情颇为相似。于是记忆的河水开始泛滥，还有昔日的阳光和朋友的面孔，次第从眼前闪现。

两个小时以后，古志刚弄来一辆来路不明的自行车，骑行在花果山大道上，往城西骑去。花果山大道就像一条特大江河，上班的人流不断汇集到河中，形成浩浩荡荡之势。其实时间还早，七点半还不到，古志刚感叹现在的人们，真是惜时如金了，这么早就出门了。

与这些上班族挤在同一条河流里，古志刚一时产生幻觉，不知自己要干什么，难道要像二十年前那样，赶去上班？骑到海洋学院门口，古志刚才突然顿悟，原来是要到王丙渔家。到王丙渔家干什么呢？古志刚想想，皱着眉使劲想了一会儿，也没有想好——也就是说，是某种身体语言，把他引领来的。既然来了，就去看看王丙渔吧。古志刚在心里对自己说，据说他老婆内退了，需要祝贺一下吗？古志刚也不知道。

王丙渔穿着大裤衩，正在小院里侍弄花草，透过低矮的铁栅栏，他看到推着车，从小区弯道上走来的古志刚。

王丙渔的老婆叫吴静，正端着一盆花花绿绿的衣服从屋里出来了，她看到拎着花壶发呆的丈夫，问，怎么啦？

王丙渔说，志刚来了。

吴静看一眼已经冲他们张望和挥手的古志刚，迅速放下盆，对王丙渔说，衣服你晾啊，我不想见他。

王丙渔小声嘀咕一句，你以为我想见啊。

但他不见是不行的，谁让他们是朋友呢？谁让他们是曾经的同事呢？谁让他们又都是画家呢？

志刚，这么早，有事啊。王丙渔走到栅栏边上，冲他喊。内心里不想让古志刚进来，便趴在栅栏上，和古志刚说话。

古志刚已经看到穿着居家服、一冒头又躲回去的吴静了。古志刚也知道王丙渔趴在铁栅栏上的意思。古志刚便知趣地扶着车，说，我没有什么事，一大早来，能有什么事？又没到中午，要是到中午，我就不走了，就在你家喝两杯，现在才是早上，你连班都没去上，说不定连早饭都没吃。你知道，我不吃早饭的，一直不吃早饭，所以你家的早饭我也不吃一口，所以……你还是不知道我来干什么吧？

不知道，志刚你绕的弯子有些大了，志刚你要是有事，可以打个电话来，我手机号码一直没换。再说了，你也没少在我家吃饭，我又没说不让你吃，你是什么意思呢？不过今天中午真有好吃的。王丙渔把声音压在喉咙里，小声道，吴静早上买了鱼，你喜欢吃的黄花鱼。

切，黄花鱼有什么好吃的。古志刚已经决定不进他家了，便极为不屑地说，你两口子就喜欢吃鱼，天天身上腥呆呆的，臭死了。你两人就是两条臭鱼。

你这家伙，你也不是见鱼就不要命了嘛。王丙渔啐他一口，你忘了我电话了吧？

没有，怎么会呢？你的电话我记牢牢的，不过我不爱打，这事不是打电话的事。古志刚瞟一眼王丙渔家关着的门，故意大声说，有些事可以打个电话，有些事不能打电话，这你是知道的。我一早跑来，肯定有重要的事，这事非跟你们说不可，啊？是吧……

啥事？

古志刚像是故意卖个关子。其实他是没想好要告诉他们一个什么出人意料的事。

快说啊志刚。

古志刚灵机一动，叹息一声，轻轻摇摇头，可惜地说，你朋友……也是我朋友，刘文道，死了。

什么？王丙渔大叫一声，死啦？他比我们两人都小啊，五十不到吧？

刚刚五十。古志刚的声音再次提高一些，死得太惨了。

怎么啦？吴静从屋里冲出来了，她手里还拿着半根油条，一边的腮帮也鼓着，可能是一口油条还没来得及嚼碎吧。吴静跑到栅栏边，身上的肉乱颤，惊讶地问古志刚，刘文道怎么就死啦？他身体那么棒。

古志刚看一眼吴静。吴静又发胖了，在原来胖的基础上，又胖了一圈。她穿一身两件套的睡衣，湖蓝色的，上面开着几朵硕大的金黄色向日葵，有一朵大花，正好夸张地开在她左边乳房上，猛一看去，感觉她的胸脯一大一小、一高一低了。

车祸……还能怎么死，车祸死的。古志刚看吴静神色惊异，看她松松垮垮领口里打堆的赘肉，心里感叹道，连吴静都老了，当年，她可是疯狂地爱上了刘文道啊。

古志刚目的达到了，更加夸张地说，很惨啊，那个现场……啧，我都不敢说了。

别说别说。吴静握油条的手摆着，眼里迅即就汪满泪水，另一只手拽住王丙渔的胳膊，两条肥腿麻花一样紧紧并着，问，他女儿……还在国外读研吧？

古志刚没有回答，他掉转车头，说，你们在家啊，我走了，我还要去通知别的朋友。

别啊……慌什么。吴静说，你还没进家坐坐呢。

志刚事多，哪有心情坐，下次吧。王丙渔用胳臂碰一下吴静，说，志刚，有没有需要我们通知的朋友？

没有了，都让我通知吧。对了，车祸是夜里发生的。人躺在殡仪馆冰柜里。追悼会嘛，时间还没定。

王丙渔看着古志刚跳上自行车，拐过一幢别墅，才对吴静摇摇头，表示对刘文道的怀念和可惜，同时，看着吴静绕起来的腿，知道她又喷尿了，便冷冷地说，夹不住啦？

吴静没有说话，脸上是一种似笑非笑似哭非哭的表情。

王丙渔看到，吴静的腿上，哗哗流下一股水。王丙渔暗自庆幸——没有当着古志刚尿，已经算不错了。但，同时说明，刘文道的死，真是太突然了，让吴静受不了了。

王丙渔说，你把初……那个初恋给了刘文道……

你直接说初夜不就得了么？真没见过你这么吃醋的。吴静把腿夹得更紧了。

可这个死鬼刘文道，给你什么呢？惹下你这个病……唉，我怎么说你哦……

这下好了，这个小狗吃的一死，我的病也不会犯了。

王丙渔松一口气。在心里说，不犯才怪。

跑　墙

钱文革喜欢在墙头上奔跑。钱文革从自家的墙头上,一路跑过庞春娟家的墙头,再跑到王九家的树下——他们三家紧挨在一起,气味相通,院墙相连。这是一九七九年夏天开始的时候,十四岁的傻瓜钱文革,自动退学了——他一口气留了五年一年级。

王九家的墙拐上,有一棵大榆树,可能是两面临水的原因吧,榆树又粗又壮,枝叶十分茂盛。钱文革跑到树下,伸手捏一个"洋辣子"(即毛毛虫,这里是方言,编者注),拿在手里玩,一直玩到破了肚脏,才甩手扔到河里。

钱文革挺着肚子,往河里撒尿。河水响起快乐的哗哗声,让钱文革十分亢奋。但是,拿过洋辣子的手,把洋辣毛沾到小鸡鸡上了,小鸡鸡先是痒,后是疼,再后就红肿了。

钱文革不仅喜欢在墙头上飞奔、撒尿,还喜欢在墙头上睡觉。墙头只有一尺宽,有的地方还堆着碎石子,有的地方还高低不平。可这算得了什么呢?他就睡在这些碎石子上,睡得很惬意,居然能一睡半天,有时还打着得意的小呼噜,流下晶亮亮的口水——他把墙头当着他家的大床了。

这一次，钱文革一边睡觉，一边抓挠腿裆，那里被洋辣子辣肿了，又痒又疼。

庞春娟在手帕厂上班，三班倒，下午四点，她下班回家，看到墙头上睡得跟死猪一样的钱文革，嘀咕一句，这个傻瓜小革。又大声叫道，小革，你真傻啦？回家睡。

钱文革一动没动。

庞春娟没有急于把晾晒在院子里的花床单收进屋里。她站在花床单后边，让身体露出半边，呆了两秒或三秒，再次看一眼钱文革，发现钱文革的短裤被支起来了。庞春娟扑哧一声，差点笑出声来。

庞春娟再看一眼钱文革支起的部位，心里莫名地慌一下，拿起靠在墙根的红漆澡盆，走进厨房。厨房里旋即响起哗哗的流水声。庞春娟让流水声继续响着，跑出来，顺手拿起院门后的竹竿，捅钱文革。庞春娟一边捅，一边说，小革，小革……

钱文革真的睡死了，他翻侧过身，拿脑勺、后背和屁股朝着庞春娟。庞春娟继续用竹竿捅他屁股。钱文革干脆"咕咚"一声，嘹亮地放一个臭屁。庞春娟拧着鼻子，再捅他一下。钱文革又放一个屁。庞春娟到底没有忍得住，骂一句，日你妈妈的。

庞春娟回身进厨房。旋即，流水声消失了。

庞春娟端出红澡盆，又从厨房拿出两只暖水瓶，把暖瓶里的热水全都兑进澡盆里。庞春娟在脱衣服之前，偷眼看看钱文革。钱文革像墙头上新垒的一块石头，只是短裤里伸出来的两条腿，有一条挂在墙里边。庞春娟又嘀咕一句，摔死才好！

庞春娟躲在床单后边洗澡，撩水声很轻——她怕把钱文革惊醒。庞春娟想好了，洗完澡，把家里偷来的花花绿绿的手帕拿到吴裁缝家，请吴裁缝为她拼一条裙子。花手帕拼的裙子，当然不能穿进厂里了，但在后河底街，还是可以穿的，那一定光鲜耀眼，就像这块花床单，也是手帕拼成的，引得多少人羡慕啊，隔壁王家大女儿，不是都眼馋死啦。庞春娟一边往身上抄水、搓灰，一边想着花裙子穿在身上的样子，两只手便犹豫起来，在平坦的小肚皮上滑来滑去，然后，轻轻托托下坠的乳房，突然有些伤感，什么时候乳房这么松啦？刚过三十岁啊，就像油瓶一样了，再往下坠，就拖到肚脐眼了。不会拖到脚面上吧？而且，乳晕也越来越深，不像往日那样粉红和细嫩了。

　　风吹动了床单，撩在庞春娟的肩头。庞春娟光顾审视自己的身体，没有注意床单只遮住她的眼睛，她脖颈以下部位是完全暴露的。庞春娟想到墙头上的钱文革，便掀起床单，偷眼看过去。她看到一双清澈而惊诧的眼睛。庞春娟的目光被那双眼睛弹回来，本能地往下扯床单，未曾想把床单给扯了下来——庞春娟完全暴露了。

　　庞春娟惊叫一声。

　　钱文革哈哈大笑着，一个翻身，不见了。

　　庞春娟呆呆坐在澡盆里，呆了好一会儿。

　　庞春娟望着空荡荡的墙头，夸张地做一个怪笑的样子，笑意便一直留在了脸上。

　　庞春娟两手在澡盆里快乐地拍打着，水花四溅。她再次往身上抄水时，还哼起了小曲。

　　几天以后，庞春娟下班回家，喊墙头上的钱文革，小革，过来。

　　钱文革跑过来了。

　　看看，看看，好不好看？庞春娟晃晃腰，腰上是花手帕拼成的新裙子，花里胡哨地飘动着，圆领衫里的油瓶奶子也跟着晃动起来。

好看……钱文革嗫嚅着说。

你下来。

干么？

给你花生牛轧糖吃。

骗人。

不骗你。庞春娟说，你等等啊。

庞春娟跳着跑进屋里，果然拿出一把花生牛轧糖。庞春娟笑眯了眼，说，来呀，都给你。

半个小时——也许一个小时以后，钱文革从庞春娟家出来，再次爬到墙头上时，他已经一口气吃了十几块花生牛轧糖了。钱文革在墙头上跑了几个来回，最后在庞春娟家墙头上坐下了。钱文革一边叽叽叽叽地咬嚼，一边看庞春娟洗澡——她又洗澡了。这次，庞春娟没有用床单挡住自己。她就在钱文革的眼皮底下，晃着一双大乳房，一边往身上抄水，一边朝钱文革笑。哗哗的抄水声突然停了——庞春娟发现，钱文革深蓝色短裤，穿反了。

倒立行走

同兴是在五岁时，第一次出现在后河底街的。一些细心的老居民，还记得他初来时的样子：躲在母亲深蓝色列宁装下，流着长长的清水鼻涕，对脚下的青石路面十分胆怯。

六岁时的同兴，牵着母亲的衣角，再一次出现在这条破败的街道上，一点也不感到生疏，仿佛与生俱来就和这条街道有关似的。其实，除了五岁时，来过一次后河底街，他一直生活在那个叫鱼烂沟的小村。幼年的同兴，记忆模糊，除了无拘无束、随意玩耍、尿尿和烂泥，别的都记不得了。

同兴还不知道，这一次，他是随着知青大返城的潮流，和母亲一起来到后河底街，再也不回去了。后河底街不是母亲的故乡。母亲的故乡，在城市的另一角。

让同兴记忆深刻的是，那个第一次见到他，就把他打瘸了腿的男人，硬是把他的名字改了。他从此不叫李同兴，而叫郝同兴。

那个姓郝的男人矮脖、短腿、大鼻子、猪嘴唇，同兴一点也不喜欢。那时候，和大鼻子作对的种子，就在心里种下了。

他知道那个大鼻子男人为什么打他。他跳到他家花台上，打碎了一只水绿色花盆。大鼻子就把他揪过来，一顿猛揍。大鼻子是拿着一把铜笛子，抽在他腿上的。大鼻子边抽边骂他杂种。"杂种，小杂种，再往老子花台上跳，把你狗腿敲断！"

同兴以为母亲会来救他。母亲不但没来救他，还哭着跑过来，把他拖到一边，狠抽他两记耳光。"你真不争气，你真不争气……"这是母亲的话。母亲骂完打完，哭得更凶了。

同兴挨打的事，被大左、金刚几个孩子看到。大左和金刚已经是三年级的学生了。他们对这个新来的孩子充满好奇。对他挨打，更是兴奋无比。当他们在巷口拦住同兴时，每人都想揍他一顿。

两年以后，暑假里，也在后河底小学读书的同兴，被大左一把拽倒在地，踢一脚，说："你把大鼻子那根铜笛子弄来。"

弄，就是偷。

同兴不敢偷大鼻子的铜笛。大鼻子的铜笛，那是专门打他的工具。大鼻子打他，一如第一回那样，凶狠，痛快，往死里打。同兴早就想偷了。同兴天真地以为，没有铜笛子，看大鼻子拿什么打。同兴也知道，如果偷而未果，那必定要被打得皮开肉裂。同兴不敢冒这个险。同兴不冒这个险，他就得被大左他们骑。同兴扮作一匹大马。大左也不含糊，他跨马扬鞭，骑着同兴，在河边的小树林里飞奔。可惜飞奔只停留在口头上。事实上大马的奔驰就像蜗牛，缓慢而拖沓，就算旁边有金刚用树枝抽打，也无济于事。金刚看不下去了，他把大左掀到一边，跨到同兴背上，两手揪住同兴的耳朵，做着飞奔起伏的动作。同兴累得实在不行了，他身子一塌，趴到地上，嘴里直吐白沫。

大左和金刚十分愤怒，对这匹不争气的大马施以拳脚。

金刚拎着同兴的腮帮,把同兴的腮帮拽有一尺长。金刚大声问他:"你不会爬?难道你不会爬?"

"他没有腿,怎么会爬。"大左低头奚落道,"你是不是没有腿?"

同兴没有说话。他脑子里像一团糨糊。

"他说他没有腿。"大左对金刚说。

"好,他今天要用腿走路,就把他腿砍了。"金刚说。

这句话,同兴听到了。同兴怕自己没有腿。但除了用腿走路,实在没有别的办法了。因此,同兴那天的腿上,被树枝和鞋底,抽成一条青棍。

同兴实在不能用腿走路了,他索性两手撑起来。

连同兴都惊诧自己的天赋,他居然可以倒立行走了。在那天黄昏时分的小树林里,后河底街不少人都看到这一幕,都看到同兴像马戏团里玩把戏的小丑一样,两手撑在地上,行走在小树林通往后河底街的一条小巷里。在同兴的两边,分别行走着大左和金刚。大左和金刚一人拿着一根树枝,一人拿着一双拖鞋——那是同兴的拖鞋。如果同兴走慢了,或走歪了,或双脚落地了,大左的树枝或金刚的拖鞋,就啪啪抽打在同兴的腿上。

那天,后河底街的天空黄澄澄的,宛如一片黄铜。以手当脚,倒立行走的同兴,第一次发现后河底的天空是这样的黄色。他还发现他身边的大左和金刚,是倒立行走的。这也让同兴特别惊奇。

十年后,后河底街发生一起激烈的流氓群殴事件,造成一死一伤的严重后果。据说,死者是同兴俱乐部的小兄弟,而伤者,是大名鼎鼎的金刚。金刚不是一般的伤,他的两根吊腿筋被挑了。金刚的两条腿,完全成了摆设。

又过了半年,人们看到的金刚,是用两只手行走在后河底街高低不平、脏水横溢的街道上的。金刚的家人，给他配一副双拐，还给他配一辆轮椅。但，金刚坚决不用这样的辅助工具。他执意要用手，倒立着行走。

金刚成了后河底街一道独特的风景。只是，没有人知道，这样行走的金刚，会想起同兴，想起同兴十年前的行走姿势。也会想起现在的同兴，同兴二十年的刑期，才刚刚开始。

金刚的眼角，流下两行泪。

金刚品尝不到泪水的滋味。因为泪水无法流到嘴里，而是滴到地上了。但是金刚真切地品尝到心里的滋味了。

竹梯子

后河底街的孩子们喜欢在春天里掏麻雀。

春天的麻雀,对后河底街有一种特别的迷恋,它们成群成群地从河面上呼啸而过,落在后河底街高高矮矮的杂树和屋顶上。众所周知,后河底街的房子,都是低矮的红砖瓦房。瓦屋檐下有无数神秘的小洞,那是麻雀们做窝、安家、生儿育女的好场所。当然,也为孩子们抓它们提供了方便。

椿年、大左还有建军他们,在春天里抬着竹梯子,穿梭在后河底密如蛛网的小巷里,挨家挨户的在瓦檐下掏麻雀。他们能掏到麻雀蛋,也能掏到光屁股的小麻雀,如果运气足够好,还可以掏到孵蛋的老麻雀。但是,他们在周秋月家的屋檐下,掏到了一条蛇。周秋月是后河底有名的狐狸精,喜欢奇装异服,喜欢吊着嗓门哆嗦着说话,喜欢经常把家里大门紧紧关闭。但是紧紧关闭的门里,却常常传出说笑声。

那天放学后,椿年和大左抬着竹梯,在几条巷子里穿梭,他们从扁担巷,一路跑到周秋月家。椿年和大左并不知道这是周秋月家的青砖瓦房。他们只是看到这家的屋檐有些矮。关键是，他们看到一只麻雀，飞到这家屋檐下，不见了。大左就把竹梯子靠上去。竹梯子有些年头了，扎扎哗哗地响。大左命令椿年扶稳竹梯，自己就"哗哗"地上去了。"哗哗"声惊动了屋里的女人，她大声喝问，谁，谁？探身出来一个俊俏的女人，她抬眼就看到露出半截身的大左了，你……你谁呀你？大左停止攀登，他对着院子说，掏麻雀。对方噫一声，掏麻雀？不要命啦？那天前河沿几个孩子掏麻雀，掏出一条蛇来……钻嘴里了……又钻到肚子里……你还敢来掏麻雀，快滚！

这事经大左和椿年几次吹牛，变成他们在狐狸精周秋月家掏出一条蛇了。

杂货店老顾把头伸出窗外，冲抬着竹梯狂奔而过的椿年和大左喊，不要命啦？蛇都掏出来了，还掏。

椿年和大左根本听不到哇哇乱叫的老顾说什么。老顾的话还不如麻雀拉的一泡屎。

在红旗巷，他们迎面碰到牙医董医生，他慌张地从大国防自行车上跳下来，贴墙站着，让椿年和大左过去。但是竹梯子还是碰到了牙医。牙医骂道，作死啦……还去掏麻雀？有孩子叫蛇咬了。椿年和大左听了，哈哈大笑。

椿年和大左就是去周秋月家的。就是到她家屋檐下掏麻雀的。椿年和大左对掏一条蛇充满期待。他们已经准备一只玻璃罐头瓶，准备把抓住的小蛇养起来。不知怎么想的，椿年和大左认定能掏一条小蛇，而且是小花蛇。但是，当他们把梯子轻手轻脚靠在周秋月家屋山头时，大左有些动摇了。大左定定地盯着椿年，说，你上。椿年犹豫一小会儿，说，讲好的，把嘴并起来，咬死了牙，蛇钻不到肚子里。椿年还示范一下。大左狠狠心，踩着竹梯子，一脚一脚上去了。大左居然没有把竹梯踩出声音来。在大左脑袋超过墙头时，他下意识地歪头看一眼周秋月家的院子。大左这一看不打紧，他看到周秋月家的石榴树下，蹲着一个人，乍一看，这个人完全光着身子，抱着脑壳子。大左腿软了。大左刚想把头缩下来，看到那个人把嘴里的烟头吐到地上，冲着门说，你真要冻死我啊？大左熟悉这声音，哈，对了，他是煤球厂郝会计。大左兴奋了。大左决定要把这个惊人的发现告诉椿年。大左还没有说话，就看到几件衣服从屋里扔出来，散落一地。郝会计去捡衣服时，大左看到郝会计不是光着屁股的，他还穿一条裤衩。但是，当一件衣服扔到郝会计头上时，大左忍不住笑了。这一笑，引来郝会计慌张的目光。

两个少年抬着竹梯子疯狂奔跑在后河底的街巷里。

你看到什么啦？前边的椿年喘息着问。

后边的大左哈哈大笑，说，我看到什么啦？哈哈哈，告诉你吧，我看到你爸了。

他们在安全地带扔下竹梯子。是椿年先扔下来的。竹梯子落在地上，痛苦地呻吟一声。

大左说，你不信？真的是郝会计。

椿年当然不信。椿年没有再和大左抬竹梯，他一个人勾着头跑了。

一九七八年春天一个雨后初晴的星期天，大左突然发现他家竹梯子没有了。竹梯子就放在他家过厅里的。谁会偷走一条破旧的竹梯子呢。几天前他还和椿年抬着竹梯子到处掏麻雀。不过一场小雨，竹梯子就没有了。大左又到院子里，到各个房间转一圈儿，依然没看到竹梯子。大左很失望。大左抬起头，正好看到几只麻雀从他家屋顶上飞过。

大左在杂货店门口碰到椿年，碰到建军，还有哑巴家的小儿子。椿年没有看到大左扛着竹梯子来。椿年刚要问，那边的老顾笑了。杂货店的老顾哄哄笑几声，像放屁一样响，然后，大声说，看你们还掏麻雀，梯子呢？一把破梯子就想上天！

中午以后，大左和椿年，还有建军，当然还有哑巴家的小儿子，都一致认为，竹梯子一定叫老顾偷走了，要不，老顾为什么那么快乐？

没有竹梯子，他们就往河边跑。黄昏时分，当他们从煤球厂门口跑到河边，看到河里漂着已经散了架的竹梯子时，几个孩子兴奋地大呼小叫。他们纷纷找来棍子和石块，试图把支离的竹梯子捞上来。但是，他们费了九牛二虎之力，也只捞上来一根短短的竹竿。

水旱鞋

那年夏天，后河底街上，流行一款怪异的鞋——水旱鞋。一开始，水旱鞋只在中老年男人的脚上流行，后来才发展到个别年轻人也喜欢穿了。一时间，后河底街长长短短、弯弯扭扭的巷子里，到处留下水旱鞋的印迹。

水旱鞋制作工艺非常简单，鞋底的材料是平板车车轮的大皮，也就是外胎，用快刀削割、整平，筋带是用同样的材料，用细小的铁钉，配以尼龙线，纳钉而成。这么说你就知道了，水旱鞋实际上是凉鞋。后河底街的老人，称透风鞋。制作这款鞋的，当然是小皮匠朱三疤了。朱三疤大名叫什么，没人去关心。三疤的名气太响了，谁还在乎他大名呢？

三疤在"批林批孔"最热闹的那年春天，开始水旱鞋的制作。

有人看到他做的水旱鞋，想买一双，问："水旱鞋卖不卖？"

"没有。"

"那儿，不是好几双？"来人指着皮匠摊儿边的鞋。

"不卖。"

"不卖？好几双呢，为啥？"

"不为啥。"三疤低着脑壳，快把头低到裤裆里了——他在用铲刀整理鞋底。同时，他也在等一个人。

对，你猜对了，他在等乔兰英。

乔兰英骑一辆二六式凤凰车，正从巷子里拐进来。"凤凰"已经破旧不堪了，除铃铛不响，其他地方都哗哩哗啦的，特别是车筐里的饭盒，更是叮叮当当。乔兰英也像"凤凰"一样，失却了往日的华丽和温润。是啊，她在短短的两三个月里，苍老得不像样子了，双眼皮双到眼下边，脸上的肉坠下一圈儿。其实，她才三十多岁，不久前还风韵犹存，不久前，三疤还把她挡在皮匠摊儿的布帘后，快活了一把。可也是不久前，老吴不行了。老吴是乔兰英丈夫，在街道运输队拉板车，说不行就不行了，住进了医院。

老吴和三疤不是好朋友，但也不是死对头。老吴有一天拉着板车回家，路过三疤的皮匠摊儿前，对三疤说："要过五一了，天说暖就暖了，三疤你帮我搞双鞋。"三疤没好气地说："搞什么鞋？破鞋啊？找你家女人去。"老吴说："不开玩笑，你看我脚上这双解放鞋，一个月不到，踏透了，你给我搞双水旱鞋——看看，就用这大皮，你有办法，搞一双，我从五一穿到十一，能省三双解放鞋，一双三块半，三双就是十块半。"老吴说着，把板车上的十几只旧外胎，扔到三疤的摊子上，"剩下的，都归你。"

老吴走后，三疤对着大皮，琢磨了一会儿，觉得老吴的话有道理，可以做成水旱鞋。

但是，老吴还没看到水旱鞋是什么样子，就病重住院了。

三疤信守诺言，一直给老吴留着水旱鞋，一挨出院，不耽误他穿。

乔兰英的凤凰骑到三疤的摊子前，停住了。

"老吴要出院啦?"三疤抬起头来,问乔兰英。

"还没,几天了,滴水未进,医生催我办出院手续——其实是不能治了。"乔兰英说。

"缺钱?"

"不缺。"乔兰英眼圈湿了,"他醒过来就问水旱鞋,我告诉他,你都做三双了。"

"你再告诉老吴,我已经做四双了,够他穿几夏的。你再告诉他,就说三疤等他来取鞋。他狗日的要是敢不来取,我就取他女人当老婆。"

乔兰英苦笑笑,眼角刷地涌出一行泪,说:"后半句不能告诉他。"

"不告诉也行,你知道就好……老吴,好人啊。"三疤叹息道,"可惜你肚子不争气,没给老吴留下一丁半子。"

"别说了……"乔兰英哽咽着,"老吴就是不走,可能有心思……"

"癌症就这么厉害?"三疤想想,"可能放不下你,也可能想杀我。"

"他不想杀你,他……他不知道我们俩的事儿。可他说了……"

"说啥?"

"说你是好人……"

三疤歉疚地噢一声,"老吴啊,他还想继续拉板车啊……照我话说,我给他准备的水旱鞋,够他穿三十年的。"

"没用的……他知道自己……唉,多活一天,多受一天罪……"乔兰英再次苦笑笑,推着车,回头望一眼三疤,走了。

三疤不知乔兰英跟老吴说了什么话,当天夜里,老吴平静地走了。

后来,乔兰英拿了一双水旱鞋回家,自己穿了。

再后来,后河底街上,这种怪异的水旱鞋,开始流行起来。三疤的鞋摊儿前,多了一个帮手,她就是三疤的新媳妇乔兰英。

偷 布

对于老裁缝吴干来说,一天时间实在太短暂。每天二十四小时,就像不小心放一个哑屁,不声不响就结束了。原因说起来,是他有做不完的衣服。也难怪,偌大的一片后河底街,只有他一个裁缝,大人小孩、男男女女的衣服,全靠他一双手。

吴干天生一张裁缝脸。

什么样的脸是裁缝脸呢?大家知道火刀脸,知道葫芦脸,也知道瓜子脸。但是,裁缝脸,如果你没生活在后河底街,你是怎么想象都想不出来的。而在后河底街,只要有人说,你看你,一张裁缝脸。大家就知道了,此人的脸,必定拉得很长,长得都拖到脚面上了。

简单说吧,裁缝脸,就是一张生气的脸。

吴干从早到晚,都是生气的样子,一张猪肚脸,死鱼眼,嘴角线条往下弯,短而平的下巴拼命向上促,差不多要把嘴巴挤到鼻子上边了。就算是漂亮小媳妇,来找他量体裁衣,他也一样板着脸,耷拉着眼皮,拿着软尺,在人家身上比画着,一双灵巧的大手,有意无意会碰到小媳妇的胸部。小媳妇当然也不好意思躲闪，心思只有一个，怕对方做衣服不出心，大了小了一般不会，他量得又细又准——怕吴裁缝贪污布料。

古人云，伙计善于揩油，裁缝善于偷布。有哪个裁缝不偷布呢？何况这个解放前就是裁缝铺小伙计的吴干，偷布的手段更是高超，没有人知道他是怎么把布给偷下来的。不论是谁，找他做好了衣服，新衣服一边，另裹一个小布卷，那就是剩下的布料，卷好让其带回家。可大家还是心知肚明，布料一定被他偷了。因为，隔着一条巷子的张三娘家，又晾出新床单了。

张三娘家的床单，还有枕套、围裙、窗帘，甚至裤衩，都是碎布拼的。就连张三娘九岁女儿小梗的夹袄，也是花花绿绿的碎布拼接而成。张三娘不是裁缝，也不在服装厂上班，更没有会结布的树。张三娘家肯定没有那些崭新的碎布。碎布当然来自吴裁缝了。

其实，张三娘一点也不隐瞒她和吴裁缝的关系，有事没事就到吴裁缝家串门，聊天，看吴裁缝做衣服，跟吴裁缝打情骂俏。吴裁缝住的小巷，又偏又窄，几年前，他被街道革命群众揪出来批斗时，因为人多，把他家一堵墙挤歪了，到现在还歪在那里。

那时候的张三娘，就站在挤歪了的那堵墙下，一边看热闹，一边也学着红小兵，抓一把碎石子，塞到吴裁缝的衣领里。对于有人把一团破麻袋塞到吴裁缝的裤裆，张三娘也笑得前仰后合。

张三娘到吴裁缝家串门，三句两句扯闲篇之后，就要提起破麻袋塞裤裆的事。张三娘伸出两只手，夸张地比画着，一边咯咯笑，一边说，你裤裆里的家伙，突然这么大，这么大了……乖乖这么大，天啦哈哈哈笑死我啦。

吴裁缝不觉得有什么好笑，他从缝纫机上，或裁衣案上，抬起头来，走一两步，到张三娘面前，用手中的直尺，把她衣服挑了。吴裁缝手中的直尺简直是一根魔棒，干净利落地把张三娘身上的衣服挑光，直到剩下最后一件三角裤衩。吴裁缝这时候要停下来，端起杯子，喝口他泡制的中药茶，欣赏片刻——那是他亲手用碎花布拼起来的三角裤衩，像万国彩旗一样鲜艳，在张三娘的身上光芒四射。这时候的张三娘，脸热心跳，魂不守舍，情不自禁就倒到裁衣案上了。

吴裁缝和张三娘的事，后河底街上尽人皆知。谁家娶媳妇嫁女儿，要是缺少布票，都要到张三娘家去借。因为她家不用布票。所以，张三娘的人缘并不差，家里常常会有街坊去串门。杂货店的老顾，就是张三娘家的常客。

有一天，老顾扯了几尺布，到吴裁缝家做裤子。

吴裁缝对老顾印象不好。几年前，老顾和张三娘的丈夫、那个在几百里外白集煤矿挖煤的大喜，把吴裁缝吊在巷口那棵老芙蓉树上，吊了一整天，把他尿屎都吊到裤裆了。但是，老顾找吴裁缝做衣服，也不能不做啊，有一块钱可以挣的。何况，还有布头可赚呢。吴裁缝就拿软尺给老顾量裤腰。吴裁缝就在量裤腰时，看到老顾屁股上露出半截花裤衩。吴裁缝一眼认出来，老顾的花裤衩，不是老顾的，是张三娘的。吴裁缝不放心，把老顾的裤子往下拽拽，果然是张三娘的花裤衩。那用一块块花布头拼接而成的花裤衩，对于吴裁缝来说，太熟悉了——是他亲手用赚下的布头拼成的，而且是照着张三娘臀围的尺寸裁剪的。张三娘的花裤衩怎么会穿到老顾身上呢？

吴裁缝心里有了数。

几天后，老顾来把裤子取走了。

老顾前脚走，后脚又回来了。老顾回来时，身上穿了新裤子。新裤子太瘦，也太短，裹在腿上，吊在腿肚子上了，就像老顾从哪里偷来似的，怎么也不合身。老顾怒火万丈，一照面，就大骂吴裁缝是偷布贼。老顾大声骂道，你偷布偷红眼了，我六尺半布料，你就给我做这点小裤子！有给人穿小鞋的，没听说还有穿小裤子的。

　　吴裁缝也不急，他抬起头来，下巴往上提提，像是撮鼻子，然后，才不紧不慢地说，没错，布是我偷的，我当然要偷布啦。我不偷布，你能有花裤衩穿？

　　什么花裤衩？

　　你自己裤子里的，刚才换新裤没看见？

　　老顾愣住了。老顾的确穿了一条花裤衩，也知道花裤衩的来历。老顾看着吴裁缝，半天没说出话来。老顾的老婆是个母夜叉，凶得很，在五十里外的港口上班，一周才回家一次。母夜叉每次回家，都要揍老顾一顿。母夜叉揍老顾的理由很多，煤烧多啦，床没叠好啦，碗少一只啦，衬衣脏啦，反正随便找个借口，就把老顾揍得鼻青脸肿。这么说吧，母夜叉打老顾就跟捏面团一样方便。

　　吴裁缝说，明天是周五，后天晚上，你老婆就回来了吧？

　　老顾知道吴裁缝话里的意思，也知道这次白白叫吴裁缝敲了竹杠子了。老顾恶狠狠地盯一眼吴干，哼哼唧唧地骂一句，走了，还差点叫门槛绊一跤。

　　回来。吴裁缝大叫一声。

　　老顾小腿肚一抖，站住了。

　　吴裁缝说，我看你腿上这条裤子，不能穿了，后天，你家那位可就回来了，要把你鼻子揍青的。还不如让我改一下。

　　老顾回转头，问，改一下？

是啊，改成女裤子，怎么样？吴裁缝狡黠地一笑，女裤，可以送人。

送人？送给谁？

吴裁缝头都不抬地说，还有谁？张三娘啊，送你花裤衩的人。

老顾想一会儿，说，好吧。

一会儿，老顾把新裤子送来了。老顾差不多带着哭腔说，改吧。吴裁缝，你狗日的太狠了，光听说裁缝会偷布，没听说像你这样，把一条男裤，偷成一条女裤。

又过几天，老顾来取裤子。吴裁缝照样不抬头，冷冷地说，裤子？什么裤子？我可不欠你什么裤子。

老顾急了，他几乎要跳起来，大声嚷道，我让你改的裤子，那条女裤！

噢，那条女裤啊，昨天张三娘来，给她了，她穿了正合身，嘴都喜歪了。还有啊，张三娘试裤子时，我看到，你那天穿的花裤衩，又穿到张三娘身上了。

老顾听了吴裁缝的话，铁青着脸，睁圆了眼，黄眼珠几乎要掉下来。老顾尖着大嗓门，想跟吴裁缝叫几声。可他什么也没叫出来。

老顾走出吴裁缝家大门时，在心里叫道，你凭什么……凭什么拿我裤子送人情？狗日的吴裁缝，偷布偷成精啦，我一条男裤，被你偷成女裤，现在连女裤都没啦……

火 花

二套对于火花的爱好,完全是一个偶然——住在前河沿的表哥老虎,一次送他几十张火花,装在一只精美的饼干盒里。二套受宠若惊之余,对老虎表忠心:"狗日的椿年,还有大左他们,经常到陇东火柴厂北墙根潜伏,那里有绿头蛐蛐,还有土鳖虫。"老虎听了,望望天上的太阳,脸上刚刚萌芽的青春痘又大又红,在阳光下鲜艳夺目。老虎想了片刻,说:"一群屁孩,叫他们玩吧。"说罢,把手里一枚瓦片,劈进河里。瓦片在河面上"嚓嚓"跳了几跳,沉进河底,仿佛人生的一个片断,结束了。

就这样,二套意外得到一盒精美的火花。

二套对这些火花视如珍宝。他把饼干盒藏在枕头下边,经常拿出来,小心打开,取出火花,一张一张摆在床上。这些精美的图案,让灰暗的床铺一下鲜亮起来。看久了,二套也能看出一些诀窍来,有的火柴厂的火花是以人物为主,有的以动物为主,有的以花卉为主,有的以建筑为主。有几张天津火柴厂的京剧脸谱,他特别喜欢,还有扬州火柴厂的小猫系列和常熟火柴厂的刺绣系列。二套找到一张陇东火柴厂的火花，图案上的宝塔是黄色的，有"花果山"三个蓝色草字，横竖看几眼，也还不错。

二套把饼干盒抱在怀里，跑过红旗巷，穿过扁担巷，拐进裤腰弄里。美人凤花，就住在裤腰弄最底头。二套知道，美人凤花腿残了，在家里糊火柴盒。二套还知道，凤花和姐姐是好朋友。凤花的两条腿没给火车切下来之前，就和姐姐大俊丫是好朋友了，她们俩都是后河底小学六年级的学生。二套在凤花家门口，从爬满茑萝的大门，向院子里张望。凤花果然在走廊里糊火柴盒了。凤花的父母都是陇东火柴厂的工人，可以走关系，把厂里的活儿领回家干。凤花别的不能干，糊火柴盒，还是快手。她没有两条腿了，手上的功夫就特别巧，一分钟能糊好几个火柴盒，一只火柴盒有几厘钱的赚头。大俊丫就夸过凤花，算算吧，凤花一个月的收入不少呢。二套对凤花赚多少钱没兴趣，他是想跟凤花要几枚火花的。大俊丫看二套玩火花时，告诉过二套，说陇东火柴厂的火花，有孙悟空、猪八戒、沙和尚三兄弟，彩色的，好看死了。

二套怕被凤花看去心思，护着火花不给他，便把头缩下来。不知为什么，他并不是要做小偷，却像小偷一样紧张，心里"别别"地跳，还向后望几眼。二套的身后有一只小猫，沿着墙根悄悄走来，别的什么也没有了。

二套再次抬起头来，看到凤花趴在桌子上，样子像是睡着了。凤花坐在轮椅上，轮椅旁边是一只大纸箱，纸箱里装着糊好的火柴盒，堆得冒尖儿了。在桌子上，还有小山一样的纸片片，窄窄的，其实那就是待糊火柴盒。那块硬竹板，还有一瓶糨糊，也是糊火柴盒的工具。孙悟空三兄弟的火花会在哪里呢？二套没有看见。二套只看到凤花的脸埋在两条胳膊下边，一根又粗又长又黑的大辫子，放在桌子上，还弯几道弯儿。

二套轻轻推开院门，轻手轻脚走到廊沿下边，在那只大纸箱旁站住了。他到处看看，大纸箱里的一只只火柴盒上，根本没有火花（那应该是另一道工序），更不要说孙悟空三兄弟了。二套有些失望，对姐姐不准确的情报略略抱怨，但是他没有立即走开。他再次被凤花的辫子吸引了。凤花的辫子比他姐姐大俊丫的辫子还粗，还黑，还长。姐姐梳头时，他会拿姐姐辫子玩。姐姐会呵斥道："死一边去，闹人。"要不，就喊："妈你快来，弟弟又闹人了。"二套只好跑开了。但是，凤花家没有人。她爸爸妈妈都上班了。凤花也睡着了。拿拿凤花的辫子该会没人管吧？二套脸上出现了笑容。二套放下手里的饼干盒，拿起凤花的辫子。凤花的辫子沉沉的。二套从根部，向下顺，一直顺到辫梢。二套感觉凤花的辫子像水一样流淌在手上，柔柔的，软软的，滑滑的，快乐的。二套早已忘了没拿到火花的不快。

但是，凤花的辫子突然散了——那根皮筋扎得草草了事，太马虎了，滑落下来，辫子散在二套的手里。二套慌了，捧着凤花的辫子不知所措。

二套还是平静下来。二套把散了一半的辫子，放在桌子上。二套顺着辫花，开始编辫子。那是凤花的辫子。二套笨拙的手，费了九牛二虎的力气，总算编好了。二套看看，实在和原来的不一样。二套想拿起辫子重编一次。但是二套看到凤花的肩膀抖动一下。二套不敢再动了。二套小心地按照先前的样子，把辫子摆好。看看，觉得那弯的弯儿不够大，又重新摆一次，这才抱着饼干盒，轻手轻脚地跑了。

凤花抬起头来，她满脸通红地笑着，烟霞一样灿烂。

"回来。"凤花叫道。

二套收住脚,只好乖乖回来了。和无数犯错的孩子一样,二套撅着嘴,等着责备。但是凤花并没有责备,而是问:"几岁啦?"二套说:"十……十一岁。"二套想把自己说大一点,这样对方不敢打他了。二套后悔没说自己是十五岁,如果像表哥老虎一样大,他谁都不怕。二套壮着胆子说:"前河沿老虎……是我表哥,我姐都怕他。"凤花不理这个碴儿,她从胳膊底下抽出一张花纸——天啦,是一版火花,孙悟空三兄弟的火花,崭崭新。凤花说:"拿去玩——送给你的。"

二套是蹦蹦跳跳从凤花家出来的。

曹 头

曹头是美女。

曹头是美女曹阿娇的外号。

这样的外号,用在一个美女身上,多少有些那个。但是,没办法,大家都这么叫,顺口了。

曹头的职业是肉店大掌柜。曹头在后河底街开一间肉铺,已经好几年了。开始,她的外号叫"曹头肉",和她职业直接挂了钩,几经演绎,就成曹头了。

曹头人漂亮,这是人所共知的。往肉案前一站,一手拿刀,一手拿锉(磨刀棒),嚓嚓几下,特精神。买肉的人,情不自禁都要多看她几眼。特别是她洁白的围裙下边,那掩饰不住的错落有致、高低分明的身体,就像少女一样柔韧、精致,似乎都能感受到强烈十足的弹性和柔软的水灵。曹头三十多岁了,眼看往四十数了,之所以能保持这么好的身段,只有她自己知道,天天跳舞,练出来的。

话说曹头跳舞的地点,不在后河底街,而是离后河底街好几里外的盐河边。

盐河本来是一条污染十分严重的河，经过这几年治理，已经成为城市一条著名的风光绿化带了，每天晚上，盐河边绵延十几里的沿河广场和绿地上，到处都是锻炼和散步的人。

在水闸边几棵高大的垂柳下，就是曹头她们的跳舞队。

和许多自发跳舞队一样，曹头一伙人也自备音响。

此时，她们正在随着《荷塘月色》的曲子翩翩起舞。略懂文艺的人一眼便知，这是民族舞蹈。领舞者不是别人，正是曹头。

曹头离开自己生活、工作的后河底街，隔几个街区，来到盐河边跳舞，附近没有人认识她。所以，她卖肉的身份，就没有人知道了。那些随她跳舞的小媳妇老大妈，不知从哪里得到消息，说曹头原先是市歌舞团舞蹈队的专业演员，因为年纪大，跳不动了，才来这里玩的。听的人立马附和道，是啊，要不，她舞蹈能跳这么好？还有人更正说，她根本就不是本地人，她是从北京的一个专业剧团下来的。

关于曹头的身份，真是越传越神奇了。

但是，也有人不理解，既然是歌舞团的，看她年纪也不大，怎么就有时间，天天来跟我们这些老太太跳舞呢？八成是出过事。

一个女人，一个漂亮女人，一个会跳舞的漂亮女人，能出什么事？一定是作风问题，不是好女人。

有人对这些议论不屑一顾，说，都什么时代啦，还这么封建，花心练大脑，偷情心脏好，你看人家小曹，哪里不好啊。

当然也有人附和，就是，自己好才是真好。

终于有一天，曹头的身份还是暴露了，原来是后河底街卖猪肉的。说话的人当然来自后河底街了，她是老锡匠的女儿，常回后河底街娘家，看过曹头操刀卖肉。她加入舞蹈队不久，属于新人。但她的话分量却不轻，大家虽然将信将疑，最后还是得到证实——果然是个卖猪肉的。

不知怎么的，有人突然就觉得，曹头的舞蹈并不怎么样，腰肢虽然如杨柳一样，但似乎软得过分。手臂伸展的动作也过于靠后，似乎在卖弄丰满的胸脯。又不是每个人都像她那样风骚，卖什么呢？真是卖肉的？

反正盐河边跳舞的队伍很多，有人加入相邻的跳舞队了。

随即，就有那些跟风的人，加入别的跳舞队了。曹头的跳舞队，几乎减员一半。

不懂内情的人会问，奇怪啦，今天晚上，人怎么这么少啊？

知道内情的人小心告诉对方，曹老师是杀猪匠，哪里是什么专业演员啊，吹的。

对方看看前边领舞的曹头，鄙夷地一撇嘴，我早看出来，这人不地道，还不知是什么货色呢，我明天也不来了。我家边那支跳舞队，很好。

这样的，曹头的跳舞队，人员再次锐减。

曹头并不知道人们这样议论，她继续白天卖肉，晚上按时来，按时领跳。对于新加入的新人，会手把手亲自教。新来的人，大都是被她美丽的舞姿吸引的。

渐渐的，跳舞队的人又多起来了。

冰 棒

春年趴在自家后窗上，看大白腚打女儿。

春年家的窗棂油漆剥落、朽烂不堪，其中一扇，歪斜着，随时要掉下来。春年最喜欢玩的事，是扛着渔叉，和大东、二左一起，到前河沿去打仗。此外就是趴在后窗，看大白腚打女儿了。大白腚女儿叫小织。小织这名字一点也不特别，和她长相一样稀松平常，却天生披一张挨打的皮。她母亲喜欢揍她。街坊的孩子，也喜欢揍她。二左甚至摸过她的头。二左也因此被她追打了好几条小巷。二左采取游击战术，边打边跑。要不是后河底街蛛网一样的小巷掩护了二左，二左根本占不了便宜。当然，也不是谁都敢跟小织交战的。比如春年，他就十分知趣，从不和小织真动手。他知道，凭他的身手，一定是大败而归，弄不好，身上还要挂彩受伤。

但是，有人降服得了小织，这便是她母亲大白腚。大白腚打女儿，看起来下手很重，仿佛女儿不是她亲生似的。其实女儿真不是她亲生的。她不会生。二左他妈就骂过她，骂她"实心"。"实心"作为一句骂人话，春年他们是从二左他妈那里才知道的。那么，小织是从哪里来的呢？二左他妈透露说，是大白腚从垃圾堆上捡来的。不过二左他妈的话也会变。有一次，她又说，小织是从树丫里长出来的，是草种子种出来的。小织究竟是从哪里来的，后河底街的孩子们也莫衷一是。

"叫你偷吃，叫你偷吃。"大白腚一手拽着小织，一手里拿着扫帚，在小织的屁股上乱拍，好像小织的屁股上有许多苍蝇。

小织绕着大白腚转圈圈。那扫帚十打九空，把小织打得哈哈笑。

春年也跟着笑。春年笑这母女俩像马戏团小丑表演，一个假打，看起来下手很重，实际上打的是空气；一个傻笑，呵呵哈哈的，十足的撒娇卖乖。

不过，从大白腚喋喋不休的话里，春年听懂了，大白腚让小织去杂货店打酱油，找回一毛钱，让小织买一支冰棒吃了。

"馋嘴，死丫头，馋嘴，看我不打死你！不吃冰棒会害嘴啊。"大白腚一边大喘气，一边飞舞着扫帚。扫帚上飞扬的絮状物，在阳光里飘飘浮浮，闪闪发亮。

也许是听到春年的笑，大白腚住了手。大白腚看一眼呵呵笑的春年，啐一口，无缘由地骂道："你也不是好东西。"

春年知道大白腚是骂自己。春年不在乎。春年跟大白腚挤眉弄眼，嘴里发出怪叫声。

小织挣脱母亲的手，跑到春年家后窗下，也啐他一口。

春年的脸上布满唾沫星。

春年想用唾沫反击她，一抬眼，小织撒开脚丫子，跑了。

这是去年夏天的事。去年夏天，离现在整整一年了。大白腚一点没变，依然骑一辆破旧的三轮车，天天去前河沿扫街，顺带着，捡些可回收的垃圾。她丈夫，那个豁唇的男人，依然在麻袋厂上夜班。他们的女儿小织，却不小心长大了。女孩长大的标志，就是可以随心所欲买东西而不被大人责骂和痛打。难道不是嘛，小织到巷口杂货店冰柜前，大大方方买冰棒吃。她不是买一支，而是买十支。她买一块钱冰棒，两只手抱着，把冰棒放在巷口的路牙石上，她自己坐在冰棒边，一支一支地吃。她把冰棒咬在嘴里，咯吱咯吱。她不像在吃冰棒。她仿佛在咬嚼一枚硬币玩。硬币和牙齿碰撞的声音就是这样的。她一口气把十支冰棒吃完了。杂货店里的老顾，脸上露出惊异之色。他也不知道这个来路不明的孩子，为什么那么喜欢吃冰。

小织吃完十支冰棒，站起来，摸摸肚子。她肚皮冰凉，虽然隔着一层花布裙，依然感到那儿的丝丝凉意。小织把另一只手放在身后的白灰墙上。她身后的粉墙已经老化斑驳了，上面巨大的红色标语，被风雨蚕蚀得支离破碎，但是依然能辨别出当年的气势：深挖洞，广积粮，不称霸！小织把手上的水汽擦干，一脚踢开路牙石上的冰棒纸，唱着歌，跳跃着走了。

老顾说话了。老顾忧心忡忡地说："这孩子八成有心火。"

几天后，大白腚听说了老顾的话，也跟豁唇说："这孩子八成有心火。"

"孩子长大了。"豁唇说，"女儿大了十八变。"

"老顾凭什么说小织有心火？"大白腚替小织抱不平道，"小织也没吃他家冰棒。"

豁唇没说话，他跟大白腚瞪瞪眼，把饭盒夹在自行车衣架上，上夜班去了。

小织变了吗？对于春年他们来说，并没有觉得小织有什么特别的变化。如果说有，就是小织突然离开学校，不念书了。那是暑假之前发生的事。小织班上的老师，在期末考试前，让小织不参加考试。理由是，小织学习太差，会拖累全班成绩。这事情显然激怒了大白腚。她气势汹汹地来到学校，找班主任老师论理。班主任老师实话实说地告诉大白腚，小织真的不适合在普通学校念书，她适合到特殊教育学校去。大白腚是个直嗓门，也是个直性子，她大声说："你不就是说我家小织是傻瓜嘛。告诉你，我家小织一点不傻。我家小织比你聪明多了。我还告诉你，这书，老娘不念了。"

那几天里，小织果然没去学校。这事在后河底街很快传开了。春年、大东和二左他们兴奋异常，纷纷打听小织为什么不念书了，并且纳闷着，这样的好事，为什么不落到自己身上呢？一直到暑假开始了，大家还愤愤不平。

一天，无所事事的春年，想着和二左相约去河里游泳。春年想，是带那只破篮球，还是那只洋铁皮桶呢？破篮球没有什么气，浮力不大，可抱着洋铁皮桶下河，万一叫前河沿那帮屁孩子看到，会笑话的。

春年正思忖着，一道暗影从后窗闪过。春年冲到窗前，探出头。春年看到花裙子的一角，就像鱼尾巴，在河面摇一下，打个水花，不见了。

春年知道那是小织的花裙子。春年也知道，小织一跑，就是上厕所去了。后河底街葵花巷里，有一间公共厕所，厕所墙根是一大堆垃圾。垃圾堆上落满绿头苍蝇。如果不是憋得实在受不了，春年才不往厕所跑呢。但是春年知道小织喜欢往那里跑。

春年在老顾家后院的墙拐角等到了小织。

此时的春年，手里拿一根冰棒。春年说："给你冰棒吃。"

春年的鬼鬼祟祟吓着了小织。

小织惊魂未定地看着春年。小织渐渐笑了。小织的嘴角慢慢上扬，上扬。小织不屑地说："黄鼠狼给鸡拜年，没安好心。"

"嗨，别跑啊。"春年说，"我这是绿豆冰棒。"

小织在自家门口停住了，她啐一口春年，说："嗨嗨嗨，嗨什么嗨，傻子才嗨嗨嗨了，什么事？"

"你把游泳圈借给我。"春年小声说。

"你说什么？我听不见。"

春年又说一遍。

"我听不见，你过来说。"小织明显是故意的。

春年没有过去。他不知道她葫芦里卖的是什么药，万一是陷阱呢？春年想都没想，回头往家里跑。春年跑到家里，趴到后窗上。春年觉得这样说话，会安全些。

小织已经没了踪影。

春年冲小织家紫红色木门，大声喊："小织。"

小织家的门没有关牢。小织肯定在屋里。她一定是假装听不见。

"自己傻，还说别人傻。"春年嘀咕着，有些失落。

春年看几眼手里的绿豆冰棒。冰棒就要融化了。事实上冰棒已经融化了，一滴冰凉的水珠落在手上。春年再次望望小织家的门，咽口口水。春年噘起嘴，凑到冰棒上，舔一口。一股硬硬的凉，流淌在舌尖上。春年爬上窗台，曲身在窗户里，开始吃冰棒。春年花一毛五分钱，买来这支绿豆冰棒，本想讨好小织，跟小织借她那只游泳圈的。小织有一只游泳圈，蓝色的游泳圈上，均匀地分布着一颗颗鲜艳的红色草莓，样子很好看，是大白腚在路上捡来的。小织经常把游泳圈套在身上玩。小织把游泳圈当成一件装饰品了。

在一个雨天，小织又把游泳圈套到身上，打着一把尼龙伞，跑出来了。小织把伞收拢起来，让雨水淋在身上。小织还做出游泳划水的动作。小织傻傻地以为雨会下到齐腰身，那样的话，她就能游泳了。

春年正想着，小织突然就出现在窗户下。

小织手里拿着冰棒。不是一支，是两支。小织左手一支右手一支。

春年看清了，那是两根绿豆冰棒。

小织白一眼春年，狠狠咬一口左手的冰棒，又咬一口右手的冰棒。小织两个腮帮可爱地鼓了起来，接着，便吃出金属般的"咔咔"声。那意思是说，谁没有啊。

那天中午，春年没有抱着皮球，也没有拎着洋皮铁桶。春年和二左两个人扛着一根圆木棍，跳进了河里。圆木到底不是游泳圈，不够灵巧方便，但玩起来也其乐无穷。

那天，春年和二左一直玩到午后三点多，直到嘴唇冻得发乌，才从河里爬上来。

春年哆嗦着，说："明天我们还来游泳好不好？"

"大东说了，明天他到医院打最后一瓶吊针。"二左咳嗽一声，悄声道，"大东的伤就要好了，他让我们去找他玩。"

春年想想，说："我不想跟大东玩，他老带我们去前河沿打仗。我也怕落单了，被老虎他们打伤。"

"大东说了，他不是被老虎他们打伤的。他是不小心摔倒，才摔断胳膊的。"

春年不信。春年知道老虎他们发过的誓言，就是"一个一个收拾你们"。大东显然是第一个被收拾的家伙。但是春年不想再说大东的事了。春年说："明天我带一只游泳圈来。"

二左一听，兴奋了："游泳圈，太好了。"

半小时以后，春年扛着碗口粗、两米长的圆木，走进葵花巷。春年蓝色的短裤已经叫身体的热量炕干了。春年走到杂货店门口时，看到老顾在喝茶。老顾在杂货店门口搭一个棚子，棚子下面是一只卖冷饮的冰柜，还有一只小方桌。老顾的茶具，就摆在棚子下面。老顾咂着茶，斜一眼春年，并没有觉得春年有什么反常。当他看到春年把路牙石上的一堆冰棒纸踢飞时，突然喊道："春年。"

春年站住了。

"过来。"老顾朝他招招手。

春年不知道老顾有什么事。春年不想过去。春年扛着圆木走过几条街了，肩膀又酸又麻。春年想回家，把圆木送回院子里。

"过来呀。"老顾已经站起来，他一步走到冰柜前，掀开冰柜门，取出一支雪糕。对，是雪糕，五毛钱一支的奶油雪糕，"来，我请你一支大雪糕。"

春年下意识地摇摇头。

"你不会和豁唇家傻女儿一样，喜欢吃冰棒吧？"老顾把那支奶油雪糕放回去，大方地说，"冰棒紧你吃，你能吃多少拿多少。量你也吃不了十支。"

春年想一下，走过去。春年还没到棚子下边，老顾就迎过来，接住他肩上的圆木。老顾说："看你累的，坐下歇歇，喝茶还吃雪糕？"

春年朝冰柜上望望。

老顾知道了。老顾从冰柜里取出一支雪糕，递给春年。

老顾一边看春年吃雪糕，一边拍拍身边的柱子，说："春年你看看，我这棚子，这条腿，就要断了，要是来一场台风，就飞上天了。"

你这根圆木留给我。"

春年这才知道老顾请他雪糕的意图。春年看看那根柱子,布满密密麻麻的虫洞,确实朽得不成样子了,中间还用一根竹片修补过,竹片上捆绑的塑料绳,风化得已经分不出颜色了。春年看看雪糕,雪糕已经被他吃一半。春年想,反正家里还有这样的圆木,少一根,母亲也看不出来。

"明天再请你吃一支大雪糕。"老顾得意的笑容里,充满诱惑。

春年谨慎地咬口雪糕,点点头。

在火柴厂上班的母亲,果然没有发现靠在西墙根的圆木少了一根。这让春年放心地想起明天的大雪糕。

晚饭后,天还没有黑,大家都在各自的家门口乘着风凉。春年在后窗看到,小织又在吃冰棒了。小织这会儿坐在她家门洞的马扎上,裙子摊在膝盖上,一副若无其事的样子。大白腚要很晚才回家。豁唇是厂里的守夜人,什么时候回一趟家,时间不定。小织只需把米汤烧在锅里,别的事她就不管了。她也做不了别的事。春年想,她能做什么呢?大白腚嫌她炒菜不放盐,要么就像咸菜一样。她也没有家庭作业可写。不,她也有事。她的事就是不住嘴地吃冰棒。她吃那么多冰棒,肚子里不会结一层冰吧?春年想起冬天的河里,那层薄薄的冰。还想起小织倚在门框上,一边给手哈着热气,一边啃一块冰坨的样子。

小织三口两口把冰棒吃完了,那咔咔声,依然清脆而响亮。她吃冰棒总是那么快,怕有人跟她抢夺似的。谁会抢呢?春年对明天的大雪糕充满向往,不小心咽一口唾液。他感觉唾液里,还遗留着雪糕的香甜味。春年再一抬眼,眼睛被洁白的白晃一下。那是小织的大腿。小织正把裙子撩起来,查看什么。春年不敢看。春年还是看了。春年睁大眼睛,看到小织惊惶失措地拎着裙子,跑回屋里。

过一会儿,小织突然探出头,一眼逮住春年。

小织皱着眉尖,腾腾腾地走过来,长长的花布裙子欢快地跳跃:"别躲。你刚才看到什么啦?"

"我什么都没看到。"春年脸红了。

"撒谎,你在偷看。"小织怒气冲冲,她两手掐腰,盯着春年。

春年嗫嚅着:"我……我请你一支大雪糕,跟你换游泳圈……"

"吓……什么?大雪糕?你有钱买大雪糕?"

"不要钱,是老顾请的……"

"骗人。"

"不骗人,真的是老顾请客……"春年觉得多话了,忙改口说,"换不换?一支大雪糕哦,其实我就是借用一下。游泳圈不能藏着,过了夏天,会遭蛀虫的。"

"切。"小织皱一下鼻尖。小织不想和春年纠缠,扭过腰身,走了。小织走到家门口,又回头说,"不许你再偷看我。我看到你家窗户就恶心,你家破窗真像一只破鞋嘴,最好找砖头堵起来。"

然而,小织的神气活现还不到十分钟,就遭殃了。

刚一到家的大白腚,把小织拖出来,挥起扫帚,抽打在小织的屁股上。小织以为,大白腚还和以前一下,只是象征性地拍打她。没想到,大白腚这回动真的了。大白腚的抽打稳准狠,"啪!"随着嘹亮的一声,小织就蹦一下,"啪!"小织再蹦一下。小织的蹦跳一下比一下夸张。奇怪的是,大白腚没有说明打她的理由,小织也没做任何辩解。

春年起初还哈哈大笑。看到小织哇哇乱叫,眼泪纷飞,也不笑了,隐约地,还有些心疼她。但他一时没想出小织挨打的理由。

突然地，大白腚住手了。大白腚惊讶地看着小织的腿。大白腚扔了扫帚，拎起小织的花裙子。小织洁白而丰满的腿上，盛开一朵朵红花，就像她密不示人的游泳圈上的草莓一样鲜艳。大白腚一把抱住小织，把她拥进屋里。

小织的哭声渐渐小了。

等小织不哭的时候，大白腚风一样冲出家门。

春年再次听到吵闹声，已经是老顾和大白腚了。

春年从窗台跳下来，跑到杂货店门口。

大白腚和老顾正在吵架。大白腚说："小织是傻子，你老顾不痴不傻，看不出来小织偷拿家里的钱啊？她还是个孩子，哪有那么多钱吃冰棒？"

老顾冷笑笑，说："笑话，拿钱买货，我怎么知道你家小织哪来的钱？"

"不要脸，老顾你不要脸，贪图小便宜，净骗小孩子。"大白腚恶声恶语地说，"以后，不许你再卖东西给小织了。"

老顾也大声说："你讲不讲理？我要知道你家小织偷钱，我会卖冰棒给她？好，我不跟你一般见识，听你的，以后不卖了，好了吧？我家的货，扔到大门外，也不卖给你家！"

春年听懂了。春年也十分失望。他以为老顾会和大白腚打一架。结果，没吵几分钟，就散了。

这事让春年当着笑话，讲给二左听。二左似乎对这类事情一点兴趣都没有。他只是对游泳圈感兴趣。二左问他："你到底有没有游泳圈？你不把游泳圈贡献出来，当心大东找你算账。"

"我都说过不跟大东玩了。"春年说。春年和二左这回没有下水。他俩在河边的柳树下，东瞧瞧西望望。春年看到，河对岸的前河沿大街,那条不宽的马路上,大白腚甩开胳膊,正在扫马路。在她身后不远的地方,推着三轮车的,不是别人,正是小织。怪不得一个上午都没看到小织。春年想,原来跟大白腚扫马路来了。

一个月以后。春年从杂货店门口经过,看到小织从杂货店里跑出来,身上的裙子有些歪扭,头发凌乱。

小织跑到冰柜前,掀开冰柜盖,拿出一支冰棒。小织就像从自己口袋里拿一块橡皮一样随意。小织看到春年吃惊的神色,咬口冰棒,呵斥道:"看什么看?害眼啦?"

"你没给钱。"春年提醒说。

"给过了。"老顾的声音。老顾从杂货店出来,走到棚子下面,望望小巷南头,又望望北头。老顾的样子贼眉鼠目。老顾喘口气,讨好地说,"春年,你也吃一支?"

春年一时没理解老顾的话,是叫春年买一支呢?还是请一支?这时候,春年看到巷口来了几个人。确切地说,是大东、二左,还有凤凰巷的三疤。春年知道坏了。春年朝家里狂奔而去。但是,晚了。大东他们在通往小织家的拐弯口,拦住了春年。

"听说,你发誓不跟我玩了?"大东手里摇着链条锁。

春年看着大东受过伤的胳膊,慌乱地摇摇头。

"听说你有一只游泳圈?"三疤手里拿着一把弹弓。三疤已经逼近春年了。

春年看一眼二左。二左微微低下了脑袋。

"听说你要把游泳圈奉献给前河沿那只死老虎?"大东嘴里的酸臭味已经扑到春年的脸上了。

春年不敢说话。春年撒腿就跑。三疤伸腿一绊。春年一个狗吃屎,扑到地上。

大东上去就是几脚。三疤手上的弹弓皮也抽到春年的脸上。春年抱住头,像虾米一样在地上翻滚。

大东他们被跑过来的老顾吓跑了。

春年爬起来,身上灰尘也没拍,青肿着脸,哭着回家了。

又过两个星期。暑假就要结束了。这是一九八一年的暑假。暑假结束以后,春年就要升入初中了。春年屈身坐在自家的窗户里,翻看一本小人书。春年看书心不在焉,似乎对小人书也逐渐失去兴趣。

春年听到细碎的脚步声时,蓦然抬头。春年看到小织往家里跑来。小织两手掐着好几支冰棒,奔跑的姿势有些别扭。她也看到春年看她了。小织停止奔跑,转头望一眼身后。也许没发现有人追来吧,便面朝春年,用屁股开门。屁股到底不如手,她一边开门一边冲春年微笑,跟春年解释道:"没要钱。我没偷家里钱。老顾请我的。"

对于春年来说,这个暑假无聊透了。前河沿的老虎他们要找他算账,大东他们发誓要灭了他。小织的游泳圈他连看都没有看到。

开学后的一天,春年背着书包,绕了五六条小巷,才躲过大东他们的围追堵截。春年几乎是小跑着,从一条无名小巷拐进葵花巷。行走在葵花巷里,就相对安全了。春年喘口气,一抬头,看到杂货店门口围了许多人。春年不知道出了什么事,赶快跑过去。许多人摇头叹息,少数人在抱怨,也有人海骂,东一句西一句。春年没有听懂。他只看到杂货店关门了,门上挂着一把锁。也不见老顾的影子。春年好奇地跟人打听。春年得到的是粗暴的回答:"小屁孩,乱问什么,滚回家去。"

春年没有滚回家。春年站到一边。春年想听听到底发生了什么。但是春年还是似是而非,似懂非懂。从他们片言只语中,春年觉得,人们谈论的事情,和小织有关。

　　人们渐渐散了。葵花巷里空空荡荡。一阵风过,卷起漫天尘土,纸屑、香烟盒、塑料袋等杂物在地上急速翻滚。一张彩色冰棒纸,平地飘起来,向天空飘去,一直飘荡到小织家上空。春年睁圆眼睛,仰望飘忽不定的冰棒纸,眼睛望酸了,一直到望不见为止。但是,他在冰棒纸消失的方向,看到一张脸,那是小织的脸。对,没错,那确实是一张小织的脸。他平生头一回觉得,小织的脸很漂亮。

杂货店里议论的事

后河底街的冬天,灰暗而萧条,不多的几棵树上,老有乌鸦在叫。

杂货店的老顾就是被乌鸦叫醒的。

老顾起来赶走了乌鸦,嘴里骂骂叨叨的,不停嘟囔着,晦气,晦气。

豁唇就是在老顾的嘟囔声中,来到杂货店的。豁唇买一包红杏香烟,抽出一支,叼在嘴上,跟老顾伸出手。老顾知道他是要打火机的,没好声气地说,没有。豁唇也知趣,从口袋里掏出火机,点上烟,说,糖厂倒闭了,你没弄点?老顾说,什么?豁唇说,糖。老顾没理他,瞥一眼杂货店柜台下两只鼓鼓的蛇皮口袋。豁唇知道了,那是糖。豁唇说,等会我也去老张家,弄二斤过年。

说话时,老张来了。

老张是糖厂职工,天天骂厂长,也天天偷糖,经常被厂里抓住罚款。越罚,他越能偷。厂里罚他十块钱,他就偷价值二十块钱的糖。罚他二十,他偷四十,总之是要翻番的。糖厂像老张这样的职工，有好多。厂里采取各种措施，偷盗恶习终于得到控制。但厂里依然亏损严重。有好几次，老张不无得意地说，罚啊，叫他狗日的罚，工人都造反了，把阀门一拧，都冲进下水道了，我看他狗日的有多少糖冲。就这样，到了今年，宣布倒闭了。

糖厂倒闭了，老张家的糖却不少。豁唇看老张踱着方步，走过来，迎着他，扔根烟过去，说，老张，等会上你家弄二斤糖过年。老张在半空接住烟，说，你早说啊，一斤没有了。豁唇不信，说，你老张那么神通，怎么会没糖？我给钱的。老张眉毛跳一下，说，等会你去家里拿。豁唇知道话多说了半句，有些后悔那根烟了。老张跟豁唇对了火，说，你小子不识时务，我让你给我弄几条麻袋，你嘴上答应着，麻袋呢？影子都没有，我要是有几条麻袋，还能多搞点白糖。你狗日的白在麻袋厂混了。老顾也附和道，他呀，在哪里也是混，你瞅瞅咱后河底，混最差的是谁？豁唇听了，脸上火突突的。被人小瞧了的豁唇，仰望天空，看到胡萝卜家二楼的窗户里，伸出一根竹竿，竹竿上晾着几件衣服，有裤衩，有圆领衫，有围裙，还有一条被单，全是花花绿绿的手帕拼接起来的。胡萝卜在手帕厂上班，她家不缺手帕。有人说，她家的花手帕，堆满一床。豁唇想想，自己在麻袋厂干了十几年了，家里确实一条麻袋都没有。豁唇想到这里，觉得没脸见人，干笑笑，准备开走，老张家的糖，他也不准备买了。本来他想不花钱弄点尝尝的。要是花钱，到糖烟酒公司不会买啊？稀罕。豁唇刚一开步，看到乔寡妇来了。乔寡妇身体肥胖，屁股像磨盘，胸部像小山，走起路来身上乱颤。乔寡妇不久前才死了丈夫。她丈夫乔国良，是毛巾厂车间主任，管上百口女工，不知什么原因，下夜班路上，被人套进麻袋，乱棍打死了，案子至今没破。乔寡妇一摇三叹走到杂货店门口，哎唷一声，说，这么多人啊？什么热闹事？老顾呵呵笑着，说，没有事，说你呢。乔寡妇大红嘴一张，又妈呀一声，我有什么好说的。老张也调侃道，都说你腿上的睡裤好看。豁唇也看到了，乔寡妇披一件旧羽绒服，露出来的肥腿上，穿一条毛巾缝制的睡裤。不用说，这是毛巾厂的产品。乔寡妇一听有人夸她，索性把羽绒服一扯，露出里面的睡衣，当然也是毛巾缝制的了，粉红色，有两朵巨大的嫩黄色向日葵，正盛开在她肥硕的胸脯上，很惹眼。老顾盯着向日葵看，晃晃照花了的眼。老张挤着眉说，好看。乔寡妇嘴一努，说，以后没有这些好毛巾了，我家国良要是不死，亲戚朋友家都有用不完的毛巾。老顾说，那是，我家床上的床单，还是国良送我的毛巾做的呢。乔寡妇嘴又一撇，说，都像你老顾这样讲良心、念旧情就好啦，我昨天都气死了，我想跟春年妈要一根塑料绳，春年妈硬是没给我，这不是势利眼是什么？想当初，我可没少给她毛巾用啊。她家又不缺塑料绳，谁不知道她在塑料七厂上夜班啊？我算看透这些人了。豁唇你也不是好人，你还欠我一条麻袋呢。老顾说，指望他给你麻袋啊？做梦吧？他是舍得买烟，舍不得用火的小气鬼。乔寡妇听了，哈哈大笑，身上的肉再一次乱颤，下气不接下气地说，豁唇，难怪你人缘这么差，就不能大方点？豁唇咧开嘴，不知是笑，还是要说话。但他还是头一缩，走了。

老顾家杂货店门口的人越聚越多了，他们快乐地谈论着各种事体。

三年后，许多企业大面积下岗，后河底街下岗大军浩浩荡荡，几乎人人不可幸免。他们聚在后河边的绿化地上，或鸡尾巷口的那片小树林里，一边下棋打牌，一边大骂政策的变化。当然，老顾家杂货店也是人们常聚的地方之一。

到了 2001 年，豁唇所在的麻袋厂，也改制了，成立股份制企业。当然也有一批职工下岗。豁唇以为这回怎么也轮到自己了，也可以加入下岗大军的行列，和他们一起打牌，一起骂街，一起嘻嘻哈哈了，再也不受他们的白眼了。可是，豁唇依然被留在厂里。他在后河底街，依然没有人缘，依然抬不起头来。

老字号

后河底街在城市偏僻的北方,南边隔着一条运盐河,就叫后河。从后河的桥上走过,左右两侧沿河的街,就是后河底街了。当街老市民,都称"后河底"。如果在后面缀个"街"字,那他必定是外乡人。

胖头鲢就是外乡人。

胖头鲢在后河底,开一间"胖头鲢烤鱼店"。这是一间专做烤鱼生意的小饭店,门面不大,当街一大间,后边拖个小尾巴。

胖头鲢的生意真是惨淡啊,此地不是交通要道,也不是商业繁华地带,更不靠车站医院,附近老居民,又以下岗工人或租赁者居多,简单说,都是低消费群体。胖头鲢的烤鱼虽然好吃,香喷喷的鱼香味能传过好几条小巷,但是依旧少有人问津。

话说胖头鲢烤鱼店的大房东,是当街"名人"吴天。吴天原先在木工厂做木匠,手艺一直没有长进,不能独立工作,就连一张方凳,他都不会做,只能一直帮师傅打下手。有人说,他是学艺时,被师傅打痴了,而师傅一直骂他是蠢猪。吴天的出名,就是一个字,蠢。吴天下岗后,没有再就业,而是把这间老宅,承包给了胖头鲢,他自己呢,拿出房租的五分之一,再租屋另住了。吴天的生活,主要就靠房租了。胖头鲢生意做不起来,吴天和他一起急,有事没事,就到胖头鲢烤鱼店门口站着,等着胖头鲢出来。胖头鲢每次都屁颠颠地跑出来,扔一颗红南京给他。他深沉着脸,掏出火,点着烟,猛吸一口,两股浓烟从鼻孔里喷出来,煞有介事地说,你这个店,位置这么好,不愁火不起来。胖头鲢嘴上应着,眉头却一直紧锁。吴天也知道,靠安慰做不起生意。

一天,吴天站在胖头鲢烤鱼店门口,和胖头鲢一起抽烟。一辆小轿车在吴天身边徐徐停下,车窗摇下来,伸出一颗光头,大声说,操,这不是狗日的蠢吴天吗?

不用细看,吴天一眼就认出光头是自己的同门师弟,也哈地笑道,是你狗日的呀?听说你狗日搞木雕,发大财,也不理我了。

发什么财啊,混呗。光头从车上下来,抬眼望一眼"胖头鲢烤鱼店"的招牌,惊讶道,你小子不错啊,搞这么大一爿店。生意好吧?

吴天刚要说话。胖头鲢抢过话头,献媚地说,生意没得说,火暴暴了。

是吗?哪天我来吃吃。光头脸一冷,小子,别怕,我光头可不吃白食。架势嘛。要是吃好了,老子就在你这儿定点。你先忙,我还有事。

看着远去的轿车,吴天不屑地说,张狂。

胖头鲢到底是生意人,他说,好事啊,看你朋友也是一个大吃户。能有几个大吃户架势,饭店一定兴隆。

吴天恍然大悟,一拍大腿,再朝远处望时,哪有光头的车啊。

说来也巧,光头当天晚上,就带着一帮朋友来了。烤鱼店的烤鱼十分地道。光头几乎没点其他的菜,光是几种烤鱼,就吃得他十分满意了。胖头鲢也不傻,专门打电话,让吴天过来。胖头鲢陪着吴天,带酒带烟,到光头的桌上,烟散一圈,酒敬一轮。光头和他朋友们更是很有面子了。

　　此后,光头又带其他朋友来吃几次。朋友们都说烤鱼好吃,味香,地道。这样,光头的朋友们,也会带着朋友光顾胖头鲢烤鱼店。胖头鲢烤鱼店的生意,就真正火了。胖头鲢是个重情重义的老板,他一不做二不休,让吴天任店里的经理。本来只是想让他挂挂名,拿一份薪水,没想到吴天认认真真地当起了经理,天天在店里。也好,这正合胖头鲢的意。有了吴天做帮手,胖头鲢也省了不少心,招呼客人啊,整理卫生什么的,吴天都能兼顾不少。胖头鲢也能一心一意把精力投入到烤鱼上,还研究出几套新的吃法。烤鱼店的生意也就渐渐火暴了,晚上都要开到深夜一两点钟,客人一茬来一茬去,钱自然也就没有少赚。

　　这一切,都让吴天看在眼里。

　　有一天,不知什么事,吴天和胖头鲢争执起来。争执得很凶,吴天平时不露面的女婿都来帮忙了,要把胖头鲢拎起来摔死。胖头鲢是外乡人,好汉不吃眼前亏,忍气吞声,回厨房抽闷烟去了。

　　过了不久,胖头鲢把店盘给吴天,走了。胖头鲢烤鱼店照常地开。只是老板变成了吴天。招牌上稍作改动,在"胖头鲢烤鱼店"的右上方,多三个醒目的宋体字:"老字号"。这自然也是吴天的主意了。

　　周围的邻居调侃道,都说吴天蠢。他哪里蠢啊,你瞧这事办的。

儿 子

从医院回来的路上，庞春娟把眼泪流干了。

老屁蹬着三轮车，肩膀左右摇晃的幅度很大，似乎故意不在乎。

只有庞春娟知道自己男人，他肩膀越晃，心里的事越重，说不定，他心里也在流泪呢。

三轮车行驶在后河底高低不平的石板路上，速度飞快，颠得庞春娟肚子疼。庞春娟也不说什么，看他并不像以往那样，小心选择相对平坦的路面，而是照直了骑去——就算有一块石板翘起来，也不去躲避。庞春娟心里的悲伤，渐渐转成愤怒。庞春娟再看老屁把肩膀晃成了花棒，更像故意一般。庞春娟心里气就膨胀了。

老屁不知道庞春娟生气，车子颠进洋桥弄时，还咕咚咚放了一串屁，臭得庞春娟没到院门口，就跳下了三轮车。

庞春娟是一脚踢开院门的。

老屁在门口放好车，笑容可掬地说，咱们抱一个吧？抱个儿子养。

庞春娟把手里的诊断报告书砸到老屁脸上，吼道，不抱！你什么意思啊李家飞？故意恶心我不会养啊？这下你心里畅快了吧？我什么时候抱怨过你？啊？我一直以为问题出在你身上，一直以为你长一根清水鸡巴。可我抱怨过你吗？

没。老屁摇摇头，摇得像拨浪鼓。

我让你去检查你都不敢去。你为什么不敢去？

我怕我是清水鸡巴。

要不是我硬拖你去检查，你能知道是我问题吗？

不知道，我一直以为是我……

抱个儿子，亏你想得出来。你以为抱个儿子就跟你姓李啦？

老屁赔着笑脸，低三下四地说，我是说着玩玩的。

有你这样玩的吗？

都是我不好……

庞春娟眼泪又涌出来了。庞春娟哽咽着说，我这一辈子……算废了……跟你结婚五年了，我天天委屈，以为一朵鲜花插在牛屎上，没想到是一朵鲜花……你连牛屎都不是。

是，我不如牛屎。

庞春娟继续哽咽着，隔壁老钱家养了儿子，名字也好听，钱文革，有钱，有文化，又革命，有什么用？都十几岁了，到处找鸭屎吃，留了几年一年级，还让老师退了学，有屁用？

不如屁，放个屁还臭臭人。

知道就好，把钱文革给你做儿子，你要啊？

不要。老屁在庞春娟的屁股下放一张凳子，赔着笑脸说，我错了，我一时糊涂，咱不要儿子，好吧？

谁不想儿子啊……庞春娟终于痛哭失声了。

老屁慌了爪子，他绕着庞春娟的凳子转圈，一连转了十几圈，嘴里还不停地说些哄人的话。可老屁不会说话，再怎么说，也哄不好庞春娟。

庞春娟越哭越伤心，连凳子都坐不住了，滑在地上哭。

老屁起初还帮他擦眼泪。可那眼泪越擦越多，越擦越肯涌。

老屁擦累了，灵机一动，说，好老婆好老婆你不要再哭了，我当儿子，好不好？我不去煤球厂送煤球了，我专门当你儿子，好不好？儿子是什么？儿子不就是男人么？儿子不就是腿裆多个把儿么？我是男人，也有个把儿。我做你儿子正合适，我做你儿子，也做我自己儿子，哈哈，老婆，这不就齐了嘛。

老屁正为自己的话得意呢，没防备脸上被掴了一巴掌。庞春娟甩着手，眼泪止住了，吼道，你好大胆啊李家飞，我瞎了眼怎么没认出你这狼子野心的家伙？你做我儿子？你做你自己儿子？

是……是……是啊。老屁想不起来他怎么又说错了。

庞春娟又给了他一巴掌，声音恢复以往的阴阳怪气，你当我儿子，当你自己儿子，这个主意好啊。

好吧？老屁谄媚地把脸凑上去。

好啊，我还要找个儿媳妇啊。庞春娟眼睛一瞪，是不是？

啊？老屁吓得连滚带爬钻进了屋里。

身　体

　　王九和胡学海是从小尿尿和泥玩的朋友，一起长大，一起当兵，一起转业，又一起工作，连退休，也就相差半个月。

　　王九住在水桶巷底，紧靠运盐河。王九工作的厂子，离他家只有十几米距离，但是，王九却不能步行去上班，而是要骑自行车，原因说起来非常简单，隔着运盐河——塑料十三厂和他家隔河相望，这十几米宽的河道，就像一条天堑，把王九和他上班的工厂隔开了。无论他走南边的解放桥，或是北边的跃进桥，都有三四里路。三班倒的王九，只能靠着自行车赶时间了。

　　王九家孩子多，又挣得少，日子一直紧巴。他的自行车，也是老旧的长征，修修补补骑了十多年，再修再补，还能骑，又是十多年。原来的零部件，全部更换过了，有的还更换过好几次，衣架上甚至绑着一根竹片子，脚踏更是木头做的。后河底人看到的王九，都是骑着哗哗乱响的自行车，一年到头，风里来雨里去，王九到哪儿，他那辆绑着竹片的自行车，也必定在哪儿。可以毫不夸张地说，自行车，已经成为王九的一部分了。事实上，王九也的确把自行车当着他的一条腿,或者一只脚,而王九的腰肢,也因为常年骑车,长时间保持一个姿势,变型了,弯腰曲背,就连腿和胳膊,也呈罗圈状,伸不直。他一挨肩几个漂亮女儿,在出嫁之前,都哭着对父亲说,爸,等您退休了,千万别再骑车了,走走路,遛遛弯,锻炼锻炼,身体可是本钱啊。王九点着头,心里发着狠,是啊,等退休了,清闲了,不用赶时间了,一定扔了这辆破车,好好走几年路,锻炼不锻炼无所谓,图个轻快自在。

话说胡学海,一辈子不骑自行车。不是他不会骑或不想骑,实在是因为上班就在家门前——隔着三步宽的裕隆巷,斜对面就是煤球厂大门,放个屁的时间就能从家里走到厂里。胡学海不但上班近,还从一上班,就干轻快活儿——煤球厂开票员,拿一支圆珠笔、掀几页单据的事,把力气都留着了。这个工作一干几十年,后河底家家户户都记熟了。谁家买煤球,不管买多买少,都要从他手里过。前些年,他记忆好,谁家的煤球快烧完了,谁家要来买煤球了,他能算出来,误差不会超过一天。

或许是因为常年坐着,缺少运动吧,胡学海也落下了一身毛病,腰椎盘突出啊,脂肪肝啊,高血压啊,一窝蜂都来了,真是闲也闲得骨头疼啊。

随着年龄的增长,病症的增多,就连身高,也越来越矮了,原来一米七三的个头,最后一次体检时,居然才一米六七。

一九九二年,胡学海和王九一前一后退休了。胡学海办退休后忙的第一件事,就是到五金公司自行车柜台买一辆自行车。胡学海的自行车,可不是一般的自行车,而是一辆五变速跑车。胡学海骑着新买的自行车,飞一样穿梭在后河底大大小小的街巷里,还玩着"单撒把"和"双撒把"的游戏,嘴里甚至还发出"嚯嚯"声。胡学海转了几个街巷，心里轻快了很多，缩短了的身体也仿佛拉长了。胡学海身轻如燕地骑进了红旗弄，一拐就来到水桶巷底的王九家。

一个收破烂的，把王九骑了三十多年的自行车搬到机动三轮上，开车离去了。

两个老朋友坐在河边的石凳上聊天。王九心不在焉，一直盯着胡学海的变速跑车。

新买的。胡学海说，王九我是亏大了，这些年没骑车，没锻炼，身体塌了，你知道我现在才多高？打死你都不信，一米六七？原来咱俩可是一般高的，都是一米七三，对不对？可天天坐着，硬是坐缩了。这下好了，终于退休了，我可以弄辆自行车，到处跑跑了。王九你也搞一辆，咱俩搭个伴儿。

王九听了好朋友的话，心里翻开了花，五味杂陈啊。

几天之后，人们看到的王九，是天天步行在街巷里，这里走走，那里看看，虽然他的腿罗圈了，腰佝偻了，走路老给人歪斜的感觉，但他乐此不疲。每天早上，更是天不亮就起床，把后河底大大小小的街巷跑一遍。

王九会在某一个小巷的转角处，碰到胡学海，胡学海飞驰的变速跑车从王九的身边一闪而过。

卷三·乡村

小学校

七坡村本来有一间小学校,因为老师在路上被狼吃掉了,学校也就停办了。

我起初听到这个消息,感到可笑,山里人真是愚昧,这方圆几百里的山,还从没听说过有狼。

我起一个大早,翻了两座山头天才亮。我又翻过两座山头,就到黑风口了。从黑风口进去,向左拐,大山就挡在了面前。

进入大山,才感觉到道路的艰难。这一带山高林密,峭壁悬崖,我一直走到下午三点钟,才看到一个斜斜的长坡。一连拐了七个长坡,终于看到七坡村的人家了。看到人家,我就闻到了人间的味道。我松一口气,精神也跟着松下来,一抬头,就看到了他们。

他们,就是七坡村的村民,老老少少有十几个人。他们站在拐弯处的一棵大白果树下,脸上是一种温暖的笑。其中,一个身穿军便装的中年人迎上来,跟我握手,说欢迎朱老师。我大着胆子说,你是村长?一个老者接过话说,他是村长,叫陈小贵。陈小贵说,我们村里穷,留不住老师,我们还以为你不能来了,我代表我们村二十六户人家一百一十二口人，向朱老师表示最最热烈的欢迎。陈小贵说完，带头鼓掌。掌声就在大白果树下响了很长一阵子。我从来没见过这么卖力鼓掌的人。他们的掌声嘹亮悦耳。我跟他们摇手。我大声喊着，好，好。可我喊好没有用，掌声反而更密集起来。我又求援似的望着陈小贵村长。只见陈小贵大手一挥，掌声突然就停止了。村民们都围了上来，替我背包，替我拿水壶。有一个孩子拉着我的手，说朱老师，你来了就不走了吗？我说不走了。另一个孩子说，朱老师，我们不想让你被狼吃掉。我说，狼不吃我，我身上肉苦。村民们都笑了。村长又说，我已经挨家通知了学生，让他们明天开学，噢，复学，好吧朱老师。我说，好啊好啊。那两个孩子就哦哦地叫着，往山下跑了。

这时候，我在人群里看到一个姑娘。其实我刚见到他们时，就看到她了。她躲在人群后面，从一个老者的肩上露出一只眼睛。她大约十三岁，或者十四岁，或者十五岁，或者再大一点，或者再小一点，她冲两个疯跑的男孩子喊，小虫，你慢点。我问陈小贵，她也是学生？陈小贵说，她叫小桃，像她这样大的学生，你要不要？我说，要啊，只要想念书，都要。陈小贵说，本来她家没有钱念书，她还有个奶奶，瞎了。她这几天磨了我十好几回，要让新来的老师上她家搭伙，说她还能向老师问问字。我问，她爸妈呢？陈小贵叹口气，说，在山下打工，干了三季，没落到钱，跟工头要钱，叫人家打死了。我听了，心里揪一下，说，好，我就在她家搭伙。

学校所在的村子是七坡村的一个自然村，叫小陈庄，有十几户人家，小陈庄是七坡村最大一个村，另外，还有八九个村子，一般都是两三户人家，最少的只有一户人家。这些村子都分散在以七坡村为中心的方圆十几里的大山沟里。上学最远的学生要走二十里山路，天没亮就得出门。这是村里的情况。村里还有许多情况，我就不用介绍了。我还是先讲一讲我的学校吧。我的学校在村头，是一排石墙草顶的房子，一共三间，两间用作上课，一间是学生宿舍，有一个小门连着学生宿舍和教室。一年级到四年级的学生都在这间教室里上课。学生还没有来，我不知道一年级有几个学生，二年级有几个学生，三年级有几个学生，四年级有几个学生。五六年级的学生，就到更远的一所完小上学了。学校前面是一片空地，就是操场了。操场边上有两间小草房，这就是教师宿舍，现在是我的宿舍。宿舍前面有一棵桃树，还有一棵是李子树，还有一棵是柿树，还有一棵，是什么树，我没认出来，可能是白果树，也可能不是白果树。

我在学校前后转了一圈，又转了一圈。我在学校前后一共转了四圈。我查看了操场，查看了厕所，查看了属于学校的树和一小片菜园。我还看了看周围我能望得见的几户人家，我甚至还特意猜一下哪一家是小桃的家。然后，我在宿舍里坐下来。在我前后转圈的时候，我看到有两三个老人，还有几个孩子，隔着稍远的地方，或高一点的高冈向我张望。有一个小孩，甚至还爬在树上看我。现在是黄昏时分了，远山上有一些金色的东西在跳跃，天空是砖红色的，村上有鸡鸣，也有狗叫，也有大人喊孩子的声音。这些声音零零碎碎的，都好像很遥远，又好像很切近。我意识到，我在七坡村的第一个白天就要结束了，我就要迎来我在七坡村的第一个夜晚了。

晚上，我在小桃家吃饭。小桃就在一边看我。她不停地要给我装汤，给我装饭，还让我多吃菜。我吃饱放下碗时。小桃期待地望着我，说朱老师你也会被狼吃掉吗？以前来的老师都被狼吃掉了，我不想你也被狼吃掉。

我想告诉小桃，这里没有狼。这里的狼就是艰苦和穷困。但我没有说。我说，有你们这些好学生，狼就不敢来吃我了。

小桃笑了。

在锅门口烧火的瞎眼奶奶，也笑了。

可我的心却酸酸的。

陈长孺

我远房叔公陈长孺,是个"学者"型人物,早年上过私塾。听我父亲讲,叔公陈长孺不是个好学生——不是他不用功,是用死了功也学不好,常挨老师打手心,手掌经常肿得跟馒头一样,连锄头都不能拿。但是我叔公不喜欢拿锄头。他喜欢编筐。编筐对于叔公来说,是他一辈子"学问"当中,最能拿得出手的。不仅是筐编得结实,还十分漂亮。用乡下人最极端的夸人话说,恶俊,特别是给婴儿编的"窝篮",更是玲珑轻巧,人见人爱。所以,叔公的名气,不是靠他的学问,而是编筐。

但是我叔公陈长孺一直不承认编筐是他的强项。他一直对自己的学问信心十足。叔公陈长孺时来运转是在晚年,也就是五十八岁那年,谋得一份小学教师的差事。他的"教师"资质连"民办"都算不上,只是个"临时"。就是临时教师,说起来,也要亏村长。那是文革结束的第二年,确切说,是一九七七年春节过后,学校的几个右派老师,接二连三落实政策回南京了,几个班没有老师教,学生放散牛也不行啊。就这样,叔公陈长孺被顶了上去。本来说好教年把半年就让贤的。结果,"贤"没出现,他自己成了"贤"——校长越来越发现,叔公陈长孺天生是个好老师,教四年级语文就像他年龄一样老道,平时还喜欢研究"之乎者也",写一些谁也看不懂的考据文章。校长爱惜人才,硬是把他留下来,代了好几年课。临了,让他在日益发展的学校做一名门卫,成了长驻学校的"老职工"。这样,我叔公陈长孺就有了做"学问"的时间了。

叔公陈长孺有几箱藏书,都是古籍旧版,传说是他祖父留下的。还有传说,他祖父是晚清名宦李鸿章的跟班,文武全才,后来因什么事得罪了李大人,被贬回家乡了。叔公陈长孺自从有了固定"职业"后,更是天天翻腾他那几箱破书,还用毛笔写写画画。新来的年轻教师中,有好奇者,问他,陈老师,你看什么书?他头也不抬地说,《北齐书》。新老师想想,不懂,又问他身边一大摞旧版书,这些呢?他这回抬抬头,使劲眯一眼对方,说,《魏书》、《周书》、《北史》,你懂?说你也不懂。年轻教师真不懂,只好没趣地走开了。再后来,人们看到他,找来很多学生的旧作业本,裁成长方型,在背面抄书,很小的小楷,苍蝇头一样,一张张的,还编上号,码在抽屉里。当然,还会有人带来柳树条,找他编筐。他不好意思不编。只是经常在编筐时,停下来,跑到屋里,打开抽屉,把卡片拿出来,翻出某一张,添添补补,或做上什么记号。也就是说,他编筐的时候,脑子里还想着"学问"。

时间久了,那些年轻教师们,总是摸不透他葫芦里的药,继续好奇地问,陈老师,你研究这些,要做大学问吧?叔公陈长孺爱听这话,他笑了,脸上皱纹有一大把,呵呵两声,说,对了,我要写几本书。这下把年轻教师们震住了,几本书?不会吧陈老师,你做几抽屉卡片,就是写书?叔公陈长孺嘴角淌下长长的口水,遗憾地说，几本算什么？我要不是被耽误了，就是大学生，我也能教。年轻教师们被他三大箱旧版书吓住了，认可了他的话，继续问他，你的书可有名字？叔公陈长孺自豪地说，当然有，一本《北朝四史名人丛话》，一本《魏晋南北朝史论集》，一本《魏晋南北朝史丛稿》，我都有计划的，首篇都定下了，呵呵，秋凉选个吉祥日子，开笔。

让人十分遗憾的是，我叔公陈长孺宏大的研究和写作计划刚要付诸实施，一跤摔成了老年痴呆，不但不能握笔，连说话都困难了，更是失去很多记忆。调理两年后，他又开始侍弄那些卡片了，满满三抽屉卡片，是他十几年读书的最大成果，他一边抚摸着，一边任晶亮的口水滴到卡片上。年轻教师们还愿意和他说话，但言语多为调侃了，陈老师，你为什么叫陈长孺呢？我叔公陈长孺静静地看着对方，咬字不清地说，是陈长孺，不是陈长儒，中间字不念长（chang），这字念长（zhang），孺，也不同儒。年轻教师愣了一下。我叔公陈长孺继续说，长孺者，长子也，我如果有弟弟，就叫仲孺了。古代学士名人有不少都叫长孺的，汉代有宰相汲黯，字长孺。唐代名相刘晏的儿子刘执经，其字长孺。《唐御史台精舍碑》有监察御史辛长孺，知道这些出处，你们可长了学问？年轻教师们不知他的话是真是假，是错是对，再也不敢多问了。

又过几年，我叔公陈长孺已经老得不成样子了。有人从他门口经过时，会说，陈老师手艺真好，我家丫头坐过他编的窝篮，窝篮是蜡树条编的，光滑耐用，二十多年都没变型，又给外孙女坐上了。我叔公陈长孺耳聋眼花，他什么也听不到了。

苹果熟了

1

风从北方刮过来,卷着鲜嫩、甜爽的香味,连绵起伏,横冲直撞。

其实,风没有香味。风从我们身边溜走了。香味是苹果和梨子的。苹果和梨子的香味钻进我们的鼻子,一直钻到我们的心里。

偷苹果的时候到了。

我和三叫驴潜伏在扁担河边。我头上戴一顶柳条帽子,就像电影里的侦察排长。三叫驴光着脑袋,他用手指当枪,朝河对岸射击。他叭勾叭勾地朝果园里放枪,我都烦透了。我真不想带他来。我本来是去找小会的。小会去年因为偷了她父亲偷来的苹果,被她父亲抽了三火叉。我看到她腿瘸了整整一个夏天。我想去告诉小会,我要到河北的果园里偷苹果了,你就等着吃苹果吧。可是小会不在家,她家的黑狗把我赶跑了。

我是在小庙门口碰到三叫驴的。三叫驴那家伙正朝北方张望,他看到我,说:"二全,你闻闻。"我说:"我知道,你去不去?"就这样,三叫驴跟我来到河边。"叭勾——"三叫驴说:"我又撂倒一个!"我踢他一脚,低声吼道:"你别打了,要是暴露目标,我毙了你!"

但是我们还是暴露目标了。那个突然出现的女知青,正朝我们走来。我认得她,她叫胡萝卜。当然,这是我们给她起的外号,我们只知道她姓胡,长一张瘦瘦长长的脸,和胡萝卜差不多。她到我们鱼烂沟村买过菜,也偷过菜。我们还看到过她在河那边,也就是果园边上的草窠里和男知青亲吻。我们都不怕她,如果在街头或村上看到她,我们都喊她胡萝卜。她通常都是微笑着的。她笑起来很美。她不笑的时候也很美。那时候,对于美,我们的认识很简单,好看就是美,能让我们心跳就是美。比如她洗澡的时候。胡萝卜在河里洗过澡,我们看过两次或者三次。她腰细,屁股大,奶子也大,我们只看一眼,就不敢再看了。我们把头埋在草窠里,气都不敢喘,只感到虎口发麻,心也发麻,难道这不是美?美就是使人难受的东西。这当然是去年的事啦。去年还有很多事,我不想多说了。

胡萝卜走到河边,她隔着河朝我们望望,就撩起河水洗洗手。然后就唱起了歌。她好像用外国话在唱,我们听不懂。她唱了一会儿,又洗洗手,还洗了脸。我们不知道她想干什么。好在,她在洗第五遍手以后,就唱着外国歌走了。

"她会不会是里通外国的女特务?"三叫驴说。

"不像,"我说,"女特务比她还好看。"

"不错,女特务比她还好看,她怎么能像女特务呢?女特务有点像,像小会。"三叫驴气都粗了。

"胡说!"我踢他一脚,我还想再踢他一脚。我不愿他提小会,不管他说小会坏话还是好话。

三叫驴嗷嗷地吸着气，跟我翻了翻白眼。

"我们没有暴露目标。"等了一会儿，三叫驴又说。

是的，是我多疑。但是我还是又踢了他一脚，他敢说小会像女特务，这一脚是替小会报仇的。我踢他一脚之后，恶狠狠地说："你要是暴露目标，我枪毙你一百次！"

2

小会一辈子都没见过这么好的大苹果。

我一边朝裤子里塞苹果，一边想着小会要是看到这么多苹果，还不知有多高兴哩。

三叫驴爬到一棵苹果树上，他咬着牙，手脚一起用力，拼命地摇晃着树枝，树上的苹果就像下冰雹一样，噼噼啪啪砸到地上。我已经把三叫驴的裤子里装满了苹果。我已经开始往我的裤子里装苹果了。我和三叫驴在过河的时候，脱下裤子，用细麻绳把裤脚扎紧，裤子就变成一只分岔的大口袋了。大口袋能装很多苹果。

我让我的大口袋骑到脖子上。我对三叫驴说："你快点。"

可三叫驴像痴子一样，一动不动。我正要上去踢他一脚，我就看到一排粗壮的腿了。接着就是一阵乱七八糟的大笑。

我们被果园的知青抓住了。

3

果园的知青开始打牌。他们坐在苹果树下。我真担心苹果掉下来会砸碎他们的脑袋。

"苹果好不好吃？"那个上唇留着小胡子的知青没有打牌，他笑嘻嘻地问我。

我知道他没安好心。我紧闭着嘴不说话。我看到三叫驴也紧闭着嘴。但是三叫驴眼泪滚到脸上了。我就知道这家伙不坚强，他很可能马上就要把我出卖了。他很可能马上就要说，是二全让我来的。

我跟三叫驴瞪瞪眼。可他没有看到我跟他瞪眼。他只顾哭了。

小胡子看到三叫驴流泪，得意地哈哈大笑。小胡子说："你怎么是个软皮蛋啊，没人打你也没人骂你，哭什么？老子问你话呢？说，苹果好不好吃？"

三叫驴终于说了，他说："好吃。"

"这就对了。"

小胡子又走到我跟前，问我："你说，苹果好不好吃？"

这时候，我和三叫驴被分别绑在两棵苹果树上，审问我们的小胡子我认识，他经常到我们村偷鸡偷狗，还偷猫。去年春天，他偷三叫驴家的鸡，让三叫驴父亲老叫驴抓住了，老叫驴把小胡子吊在枣树上，一直等到果园的知青拎着酒来讲情，还不放他下来，最后，小胡子的尿被吊到裤裆了，屎也被吊到裤裆了，小胡子的尿屎顺着裤腿哗哗地淌。是小会父亲给他松的绑，他才被知青们抬着回去。小胡子被吊着的时候，他的脖子里，裤裆里，叫鱼烂沟村的孩子们塞满了泥土、瓦片和稻草，当时塞得最凶的是三叫驴，三叫驴还在他脸上啐一口。三叫驴已经承认苹果好吃了，可我不能承认。三叫驴是怕小胡子报复，我不怕，我没给他裤裆里塞稻草。

"苹果都敢偷，还不敢承认苹果好不好吃？"小胡子依旧是笑逐颜开的样子。

我知道他是笑里藏刀，他不会轻易饶过我的。

"好吧，你不吭声，我就不客气了。"小胡子果然原形毕露了，他用脚踢踢我的裤子。我的裤子在离我两步远的地方。我的裤子里装满了苹果。小胡子踢了几脚后，弯腰抱起了苹果。小胡子让苹果骑到了我的脖子上。

打牌的知青们都哈哈大笑了。

"乖乖，这一裤裆苹果不轻啊！有三十斤。"

"没有。"一个知青说。

"不止三十斤。"另一个知青说。

"你们发现没有，鱼烂沟村的裤裆又肥又大，男人女人大人小孩，都是大裤裆，知道为什么了吧？偷苹果。"

知青们又是一阵大笑。

小胡子说："我不管它三十斤四十斤了，我要让这小子扛着他一裤裆苹果，一直到会说话为止。"

我看一眼三叫驴，他不哭了。他也看我一眼，就羞愧地低下了头。他虽然没有当一个可耻的叛徒，但是他已经承认苹果好吃了，这和叛徒又有什么差别呢？我不是不知道苹果好吃，谁不知道苹果好吃？小会因为吃一个苹果，让她父亲抽开了皮肉。她父亲是用火叉抽的。她父亲一边抽一边狂叫："这苹果是你吃的？！这苹果是你吃的？！"小会的母亲也骂道："剁千刀啊，剁千刀啊，苹果是要卖钱的啊……"没有人不知道苹果是什么，鱼烂沟村的大人小孩都知道苹果好吃。鱼烂沟村的大人们还知道苹果能换来钱，有钱就能做很多事情。可是我不能承认苹果好吃。我知道果园的知青都很厉害，他们收拾苹果贼，跟老叫驴收拾偷鸡贼一样有办法。小胡子问我苹果好不好吃，这里一定有一个大阴谋。

小胡子解开三叫驴的裤带，让苹果从三叫驴的裤子里淌出来。又鲜又亮的苹果照得我眼花缭乱。小胡子拿一个大苹果，朝三叫驴嘴里一塞，说："吃吧。"

三叫驴真是不要脸了，他居然把一只苹果给吃了。他可是被绑在树上啊，他的手一动不能动，他是用嘴、下巴和肩膀，硬是把一只苹果给吃掉了。

小胡子又走到我跟前。我已经受不了了。我已经很累了。我满脸都是汗水了。小胡子看看我。我想，要是小胡子问我苹果好不好吃，我就告诉他，苹果好吃。可是小胡子不问我了。他跟女知青胡萝卜招招手。正在看打牌的胡萝卜就走过来了。小胡子说："你看，这小子出汗了，这小子马上就要受不了了，这小子马上就要叫喊了，你看，你看，他嘴都歪了，他就要喊了，喊啊，喊啊，你喊啊，你怎么还不喊？哈哈……"

女知青胡萝卜也咯咯地笑了，她的牙齿多白啊。

小胡子又跟女知青说："这样行不行？"

女知青胡萝卜撇撇嘴，然后，然后女知青胡萝卜没有说话。

小胡子说："好，先不管他。"

他们俩又要走了。他们又要去看打牌了。他们又会很长时间不管我了。他们再不管我，我真的要累死了。我听到一个声音在说："苹果……好吃。"

"你听，这小子说话了！"小胡子说。

"我怎么没听到？"女知青说。

"苹果好吃。"我又拼命说一句。

"说了，我看他嘴动了！"小胡子有点兴奋。

"不错，他嘴巴是动了，可他说什么呢？"女知青大声问我，

"你说什么?"

"苹果好吃。"

"他说苹果好吃!"女知青也兴奋地说,"他说苹果好吃!"

我听到了乱七八糟的笑声像苹果的香味一样此起彼伏。

4

"吃吧,吃吧,你不是说苹果好吃么?你就吃一个解解馋吧。"小胡子把苹果朝我嘴里塞。那只苹果又大又光,半边呈暗红色,蒂上还带一片绿叶。我仿佛听到苹果在说,你就吃了我吧。

但是,苹果从我嘴里掉下来了。

小胡子又捡起苹果。小胡子说:"三叫驴都吃了,你怎么不吃?吃!"

我不是不吃,是我没有咬住。但是,我看到小胡子很凶,他手里还多了一根柳树条。

小胡子说:"好吧,我让你把手解放出来。我让你把苹果吃个够!"

小胡子把我松绑了。也给三叫驴松了绑。然后,小胡子又用绳子把我和三叫驴的腿拴在一起。

小胡子把我裤子里的苹果堆在我面前,把三叫驴裤子里的苹果堆在三叫驴面前。

小胡子用柳树条在三叫驴背上抽一下,三叫驴叫一声。小胡子又用柳树条在我背上抽一下,我也听到我叫一声。接着,我就听到女知青快乐的笑声了。女知青胡萝卜说:"好玩!"

小胡子说:"好玩吧?好玩还在后头哩。"

啪。啪。柳树条在三叫驴的背上叫了两声。三叫驴也叫了两声。啪。啪。柳树条又在我背上叫了两声。我也听到我叫了两声。女知青把腰都笑弯了。女知青胡萝卜把脸都笑红了。有什么好笑的呢？我背上火燎燎地疼，我能不叫吗？我讨厌胡萝卜的笑，她脸红跟苹果一样，我真想咬她两口。

小胡子说："好玩吧？我说过，我要替你报仇，你还不相信，你相不相信？"

女知青胡萝卜说："我相信。"

女知青胡萝卜又说："要是大白麻子就好了。我就解恨了。"

小胡子说："大白麻子是大人，又是女的。"

女知青胡萝卜说："我知道大白麻子是大人，我是说，这两个小孩，要是大白麻子家的，就行了。"

小胡子说："这好办，问问他。"

女知青胡萝卜用脚踢我腰，说："你妈脸上有没有麻子？"

我说："你妈脸上才有麻子！"

女知青胡萝卜又去踢三叫驴两脚，说："你妈脸上有没有麻子？"

三叫驴说："我妈脸上没有麻子。小会她妈脸上有麻子。小会她妈叫大白麻子。"

女知青胡萝卜脸上有些失望，她狠狠地骂了一句大白麻子，然后说："她敢骂我小骚货，她一脸大白麻子，敢骂我！"

我知道了，女知青胡萝卜从前偷过小会家的大葱，这是很多人都知道的。小会她妈，就是那个大白麻子，可是我们鱼烂沟村有名的厉害女人，谁要是惹了她就倒霉了，非把你家骂得锅底朝天。大白麻子在不久前赶集的时候，碰到了女知青胡萝卜，大白麻子跟在女知青胡萝卜身后，一直骂了几里路。许多人都在津津乐道大白麻子的这次追骂。

女知青胡萝卜还在喋喋不休地说:"她敢骂我,你不知道那个女人多凶,多烂,多脏,她什么话都敢骂,我真想找一根针把她嘴给缝起来!"

小胡子说:"这还不好办?苹果熟了,抓住鱼烂沟村苹果贼,一个一个收拾。"

小胡子把手里的柳树条递给女知青胡萝卜,说:"抽他!"

女知青胡萝卜就甩着柳树条走来了。女知青胡萝卜穿一条黄军裤,一件很小的白衬衫。她的黄军裤让她改瘦了,把屁股裹得紧紧的,就像一只大苹果。她的白衬衫是那种脱袖子的,胸前也绷得紧紧的,也像藏着两只大苹果。她甩着柳条向我走来了,我看到她的腰像柳树条一样软软的,胸脯一抖一抖的。

女知青胡萝卜把柳树条举在我头顶。我已经准备她抽了。可她没有抽,我抬头看看,只看到她飘动的腋毛。

女知青胡萝卜说:"我不敢打人,你让他们吃一百个苹果!"

"好吧。"小胡子抽我一下,"吃苹果!"

小胡子又抽三叫驴一下:"吃苹果!"

我和三叫驴就开始吃苹果。

小胡子和女知青胡萝卜就隔着苹果在我们面前坐下了。

不知什么时候,打牌的知青们都走了。小胡子和女知青胡萝卜肩挨肩地坐在一起。他们两人的手也绞在一起了。

我吃第一个苹果很甜,吃第二个苹果也很甜,吃第三个苹果还有点甜。不知从第几个开始,苹果不甜了。苹果又涩又苦。三叫驴比我吃得快。我在吃第一个苹果时,他已经吃第二个了。我在吃第二个苹果时,他已经吃第四个了。我感到苹果又涩又苦的时候,我听到三叫驴说："我不吃了。"

小胡子就猛抽一下三叫驴，说："吃！"

三叫驴又吃了一个苹果。三叫驴流着泪，说："我要撑死了，我不能再吃了。"

小胡子说："你不是说苹果好吃吗？苹果好吃你就得吃，你偷多少吃多少，不要客气，吃吧，吃吧吃吧。你他妈吃啊！"

小胡子又啪啪抽了三叫驴三柳条。

三叫驴哇哇叫两声。三叫驴在叫第三声时，他开始哇哇呕吐了。三叫驴把吃进去的苹果大口大口吐出来。他吃得太多了，他吐得不可遏制。

女知青胡萝卜掩住鼻子，说："脏死了。"

女知青胡萝卜拉着小胡子跑了。他们弓着腰，躲着苹果和树枝，往果园深处跑。他们夸张的扭动的身影我很快就看不到了。我只能听到女知青尖锐的笑声了。

5

我看到小会的时候，她正挑着两架筐青草从湖里走来。

我也是下湖割草的。我母亲骂我好几遍了。她骂我是十岁长八岁，越长越败类。说我哪里像个十三岁的孩子。说你看人家小会，几天割那么多草，一个大草垛啊。说今年种马场收草的价格涨了半分钱。母亲跟我说这么多，她只想我能像小会那样拼命地割草。我不能让母亲失望，要不了几天，我也要割一个大草垛。但是现在，我不想割草。我想送一个苹果给小会。我架筐里放着两个大苹果，是昨天从果园偷来的。昨天的情形你都知道了。知青们突然不管我们了。我们如愿以偿地偷来了苹果。

小会就要走到我跟前了。她的扁担上挑着两筐青草，青草在扁担上有节奏地跳跃。

小会在前面的五步桥上歇息了。这正是我希望的。我几步就走到了五步桥上。我对正在擦汗的小会说："小会，给你两个苹果。"我说着，就把苹果送到她面前。

小会脸突然红了。小会小心地四下里望望。小会脸上就露出了一点点笑。小会说："你偷苹果啦？"

我说："偷啦。"

小会说："这么大了，还偷苹果！"

小会的眼睛闪烁不定。她的手扶着扁担，又放到腰上，最后在脸上擦了擦。小会说："我不吃！偷来的苹果，谁爱吃！"

小会挑着草走了。小会的扁担软抽抽的。小会长长的辫子在她的腰上抖来荡去。

我有点羞愧，还有点失望和悲伤。

在村上，或在湖里，再次见到小会的时候，我就情不由衷地躲开了。

有一天，是个很热的中午，我头带柳条帽，潜伏在扁担河边，朝河北的果园里张望，满枝的苹果真的熟了，果园里翻江倒海的香味经久不息。我不敢再到河北去偷苹果了。果园里经常有人影闪动，他们加强了防盗，日夜都有人巡逻。我只能闻闻苹果的香味了。实际上，我不想冒险去偷苹果，还有一个原因是小会不吃我偷来的苹果。她不吃苹果，我还偷苹果干什么呢？算了，还是割草去吧。就在这时候，有一只苹果，落在我面前的草窠里了。

小会戴着一顶草帽，穿一条旧一点的黄军裤，站在我身后，在夕阳下正灿烂地微笑着。

她的笑相当迷人,她的眼角和现在的样子,接近于狐狸。我心跳开始加快了。

"给你吃的。"小会也在我身边趴下了。小会说:"你在看什么?"

我不想说偷苹果。我说:"你看。"

在河的那一边,女知青胡萝卜和男知青小胡子,正手牵手地向河边走来。小会显然也看到了他俩。小会的脸上被夕阳涂上了一层晕红。

两碗面条

吃饭的老师只有两人,一个瘦子,一个胖子。瘦子奇瘦,身上的筋骨一根一根一块一块,清清楚楚。胖子奇胖,看不出骨架子了,到处都是一团团膘肉,连鼻子都像一个发面馒头。

两大海碗面条,分别摆在瘦子和胖子面前的石桌上。

胖子迫不及待地端起海碗,吹一圈,再吹一圈,然后,放下海碗,用筷子挑起面条,勾下头,憋着气,呼地吹一口。他吹劲很足,把热气吹成一根棍。一口气吹完,再把面条放回碗里。就这样,他一轮一轮地把面条挑起来,鼓着腮帮,试图把滚烫的面条吹凉。被他吹起的热气,形成一根伸缩有度的汽柱,然后像浓烟一样滚滚飞散。瘦子呢,不慌不忙坐下来,把大海碗往石桌中间轻推推,也勾下头。但是瘦子不是吹面条,而是看腿上的书。瘦子腿上摊着一本书,一本外文书,硬壳子,比砖头还厚。

胖子终于把面条吹凉了。他重新端起大海碗,最后搅一次面条,嗞嗞溜溜,一口气把一大海碗面条吃光了。对,就是一口气,呼呼哧哧的,碗在嘴上转一圈,等到放下碗时,碗是空的了。

对面的瘦子，也许早就领教过胖子的吃功了，无动于衷。

胖子端起空碗，回宿舍了。

瘦子看一会儿书，开始吃饭。瘦子把面条挑起一根，谨慎地送到嘴里，慢慢咀嚼。一根面条，瘦子嚼有三分钟，先是放在左边嚼，分把钟以后，又转到右边，嚼得很有耐心，一口一口，很稳得住。嚼到最后，抿抿唇，咽了。再挑一根。瘦子的一大海碗面条，足足吃了一个半小时，就连一段葱花，他也要嚼三分钟。

瘦子姓吴。

胖子姓康。

都是鱼烂沟小学的老师，又都是"大右派"。吴老师是从南京某研究所下放的，康老师似乎来自某高校。吴老师和康老师本来是监督改造对象，不知因为什么关系，到鱼烂沟学校做老师来了。

他们两人都不教低年级，一直教初中。同学们领教吴康二位老师的名人风范，主要体现在吃饭上。他们俩吃饭的特点太鲜明了，按照一般的常识，瘦人吃饭应该很急很快，胖子才是细嚼慢咽型，但事实恰恰相反，瘦子吴老师吃饭比绣花还慢，而胖子康老师，除了干饭要一口一口吞咽（也是几筷子就扒到肚里了），其他如稀饭、米粥、面条等，都是一口一碗，而且是大海碗，他从来不嚼，一口洁白的牙齿不知用来干什么的。吴老师的吃法同样过于夸张，一个米粒，都要嚼上三分钟。

吴老师和康老师成为学校一大景观，许多学生都围观过两位老师的吃相。毕业离校的学生，提起鱼烂沟小学，别的记不住，唯独吴康的吃饭，成为许多人喋喋不休的话题。

文化大革命风暴开始不久，两位老师天天被揪出来批斗，挂黑牌，游街。

有一天，公社高中来了一批红卫兵，他们早就闻听这两位老右派奇特的吃相了，一是要来验证一下，二是要狠狠揭批这两个封资修。红卫兵们轻易就揪出了吴老师和康老师。两个人哆哆嗦嗦站在石桌上。吴老师脖子里挂着黑牌，康老师脖子里也挂着黑牌，腰弯成九十度。吴老师人瘦，稍微弯弯腰，就很有弯度了。康老师苦了，他再怎么弯腰，红卫兵们都觉得他弯得不够，康老师像一个大皮球，他所谓的弯腰，也只能把腿曲着，身体往下蹲，一看就是弄虚作假。康老师的后腰上挨了三皮带，还是不合格。好在这时候，一个女红卫兵从厨房里端来两碗面条，就是二位老师平时吃饭的大海碗。

女红卫兵双手叉腰，怒目圆瞪。她看看两个老右派，再看看他们腿边的面条，开始愤怒控诉。由于对两位老师并不了解，控诉的内容也十分空洞，女红卫兵说："两个人民的吸血鬼，胆敢反对伟大领袖毛主席发动的无产阶级文化大革命，我们红卫兵，一千个不答应，一万个不答应。在当前革命形势下，广大贫下中农为革命节约每一粒粮食……他们却大口吃面，细嚼慢咽……"女红卫兵由于情绪激动，说不下去了，情急中，带头呼起口号："打倒吴老师！"于是大家跟着喊："打倒吴老师！"女红卫兵突然觉得不对，都打倒了，是敌人了，怎么能称"老师"呢？立即改口："打倒老右派！"大家更加群情激愤："打倒老右派！"

红卫兵们没有忘记看"表演"，喊一阵口号后，还是女红卫兵领头，指着脚下的一大海碗面条，对吴老师说："听说你一口能吃一碗面，我命令你，一口把这碗面吃了。"吴老师知道他们弄混了，辩解道："我一口吃不了……"还没有说完，一根皮带从人群里抽过来。女红卫兵说："胆敢违抗革命群众合理要求，就把你踩在脚下，让你永世不得翻身！吃！"大家声音洪亮地高喊："吃！"吴老师腿哆嗦了，他偷看一眼康老师，多么希望康老师能把这事揽过去啊。可他只看到康老师的脚，看到他脚边也有一碗面条。吴老师不敢揭发康老师，不敢说康老师能一口吃一碗面。但，让他一口吃下去，实在没有这个能力啊。

"平时吃得欢，现在不吃，是故意对抗，灌他！"

显然，红卫兵们热衷于暴力，几只粗壮的手把吴老师扯倒在地，捏住鼻子，撬开嘴，把面条往他嘴里灌。骨瘦如柴的吴老师，哪里有力气挣扎啊，在红卫兵们强势帮助下，在筷子、火叉的共同努力下，一碗面条硬是塞进吴老师肚里了。

吴老师继续挂上黑牌，站在石桌上，他肚里的面条，像一根根钢筋，坚硬地竖立着。

女红卫兵又勒令康老师吃面条，而且是细嚼慢咽式的。可怜康老师习惯一口一碗饭，让他一根面条嚼三分钟，他实在控制不住，喉咙太滑，一碰到面，就咽到肚里。为此，康老师被接连抽了几皮带，但他还是忍不住要咽……

吴老师和康老师表演极不成功，红卫兵们十分扫兴。

草爬子

草爬子是用来拾草的工具。

草爬子有两种,一种是毛竹做的,一种是铁丝做的。前一种我们村没人会做,原因是奇缺做草爬子的毛竹。而后一种,我父亲最拿手。

我父亲会木工,手艺不错,会打八仙桌子,会打三屉桌,连难度很大的风箱,父亲都能做得很拉风。父亲做草爬子完全是玩票,不过是因为家里缺用,做一张给我下湖拾草的。如前所述,草爬子需要一点木工的手艺,简单说,就是锯两根适宜的木条子,再在木条子上钻一个个排列规矩的洞眼,把八号铁丝,锻成相同长度的一截一截,穿进洞眼里,一张草爬子就做成了。我们拖着父亲做的草爬子,背着大花篮,下湖搂草,会引起别的孩子的注意。因为他们的草爬子大多是竹子做的,年代久远,不是断胳膊,就是少腿,有的只有四五根齿,搂一爬草,卸下来,还没有一小把,半天只能搂半花篮,回家少不了挨大人的骂。

小梅就是因为常常拾草少,回家挨她母亲的打。母亲是她亲妈,可打起她来，比后娘还狠，主要是，她家缺少烧火的草。她家人口多。人口多，吃饭就多，吃饭多，烧草也就多，她母亲要在生产队苦工分，回家还要做七八口人的饭，急啊，一急就狠命地打她，就用草爬子抽，一草爬子抽在小梅的屁股上，小梅应声倒地，腿就瘸了。小梅的瞎眼奶奶，会摸到小梅，把她抱在怀里，哦哦地哄着。她瘫痪的爷爷，就把嘴里的烟袋拿下来，骂道，你是她后娘啊，这样狠。而她父亲，更狠。当然，她父亲狠，不是冲小梅的。

她父亲狠，是冲我们的。她父亲是生产队长，一天到晚在湖里跑，南湖跑到北湖，西湖跑到东湖，天天板着脸，指挥北湖的社员耙地，指挥南湖的社员挖沟，指挥西湖的社员抬粪，指挥东湖的社员打药，打谷场上，还有几个老社员在搓绳，他也要去看看，棉花地里，还有几个女社员在摘棉花，也不能放任。总之，队长忙啊。队长一忙，心就急，见到我们这些拾草的，就来气，不是说我们踩了庄稼，就说我们偷了棉花，逮到我们就踢我们的花篮，砸我们的草爬子。因此，每天下湖拾草，我们都要躲着队长。

小梅也躲，她跟我们一样，混在我们一起，这当儿她父亲就不认识她了，一样踢她的花篮，一样砸她的草爬子。不过小梅的草爬子似乎一次都没有被砸坏过，尽管她的草爬子本来就是坏的，本来就是缺齿掉牙的。别人就不同了，小会的花篮，就被队长踢破一个洞，大昌的草爬子，就被队长摔折了一根齿，三巴狗的草爬子，就被队长砸得稀巴烂。

说真话，我们都不想带小梅。一来，小梅个子小，腿短，跑不快，还常流鼻涕，在躲避队长的追赶时，又常常落在后边，成为队长追赶的目标。有一次，我们躲在西大岭后边的黄豆地边，准备偷几棵黄豆，跑到后河趟烧黄豆吃。当我们顺利地偷到黄豆后，往后河趟撤退时,小梅被豆秧绊了一下,摔倒了。等她爬起来,我们已经跳进排水沟,做好了隐蔽,只等小梅来和我们会合。但是,我们突然就发现事态的严重,队长正站在三步桥上朝我们张望。我们缩着头,喊着小梅,命令她卧倒。小梅好像没听见一样,照样向我们跑来。与此同时,队长也发现了目标,向我们追来了。我们带着小梅,连滚带爬地向后河趟狂奔而去。我们还是没能躲过队长疯狂的追击,在后河趟的草洼子里,我们被队长一个人"包围"了。凶相毕露的队长,对我们的奔跑十分愤怒,对我们偷生产队的黄豆更是怒不可遏,他不由分说,就踢我们的花篮,就砸我们的草爬子。我的草爬子由于是父亲用铁丝做的,砸起来很费力气。关键是,队长不小心把脚弄坏了。队长用脚踢我的花篮,把我花篮踢扁了。他还不解恨,在踢我的草爬子时,错误地估计了形势,以为我的草爬子和小会的草爬子一样,一踢就碎,没想到,第一脚,只是铁丝被踢弯了,在踢第二脚时,弯了的铁丝刺进了他的脚丫子里,把他脚丫子里穿了一个洞,流血了。队长到处找石头,河趟里没有石头,也没有砖块。队长没有招,又不敢再踢,只好把我的草爬子扔进了水深流急的河里。

我们像战场上的败兵一样,往家里走。我的花篮被队长踢扁了,但我还能把它圆过来。可我的草爬子被他扔进河里,我是不敢下河去捞了。因为河水太深,还因为河水太急,我怕被河水冲到下游的大水库里。

一路上,小梅没有说话。她一边拖着草爬子搂草,一边悄悄地抹眼泪——小梅哭了。小梅一点损失都没有,但还是哭了,她鼻涕一把,眼泪一把,把脸都哭花了。她父亲的脚丫里流了血。她一定心疼她父亲才偷偷哭泣的。而我心里更是惶恐不安。我不光是花篮里空空的没有一根干草，就连搂草的草爬子都被队长给扔了。我不知道回家后，母亲会如何收拾我。

就这样，我，小会，三叫驴，还有小梅和大昌，一起走在田埂上。他们都在搂草。他们花篮里的草渐渐多起来，大昌的都快满了，就连平时搂草最少的小梅，也挥动着瘦小的胳膊，比平时更快速地搂草，我看到，她都搂了半花篮干草了。只有我，一直背着空花篮。

快到村口时，小梅偷偷瞥我一眼，她吸溜一下鼻涕，走到我跟前，扬起尖尖的下巴，怯生生地跟我说，赔你草。我吓了一跳，她拾草不多啊，花篮里的草也就平沿，回家不挨她妈打就不错了，还要赔我草。再说了，她也没借我草，凭什么要赔啊。我赶快摇摇头，说，不要。她不再跟我说话，而是把花篮放下来，倒出草，那些长长短短的枯叶残草滑到我的脚面上，在我脚面上堆成一堆。小梅做完这些后，拖着草爬子，又下湖了。

一杯茶水

夏天的水泥制品厂就是一个大火炉。热浪把水泥场地都烫焦了,如果谁往白花花的水泥场地上吐一口唾液,立即就会冒起一股烟尘。

对,我就在水泥制品厂上班。我的工作就是把由水泥、黄沙和石子等混合在一起的原料,搅拌成合格的混凝土,然后,由另一班人打成一块块楼板或一根根桁条。

这个工作很累,也很苦,夏天才过一半,身上已经脱了好几层皮,脸也跟驴屎蛋一样黑了,但是,有一种快乐,是别人不能体验的,那就是,每天都能看到慧。

慧是我妹妹的同学,她在水泥制品厂一墙之隔的中学里读书。慧的叔叔是石英沙厂的会计。石英沙厂和我们水泥制品厂在一个大院子里。靠近北墙,有一排十几间石墙红瓦的平房,是石英沙厂的职工宿舍和食堂,慧就住在其中的一间里。我们的水泥场地,说起来有些霸道,有一截,就伸在那排平房的前边。如果住在宿舍里的人想抄近路,必须从水泥场地上经过,所以,我每天都能看到慧。

这里要顺便交代一下,由于天气异常的热,我们干活儿是没有时间的，早上天一亮，趁着太阳还没有出来，我们就上班了，到了九点，一个上午的活儿就干完了，下午也是五点才干活儿，一直干到天黑才下班，选择这样的班次，无非就是躲开中午酷热的高温。这样一来，慧在上学和放学时，正巧都在我们上班的时间段里。她从我们的场地上经过，自然地就落在我的视线之内了。

慧是漂亮的女孩，虽然稍矮了些，却一点儿也不影响她的美丽，相反的，还有一种玲珑的乖巧。我喜欢她，对她产生了爱慕，却不敢向她表白，甚至连说话都不敢，这一方面是她还在念书，另一方面，是我心虚胆怯，怕她对我的冒失产生反感。有几次，我在大门口和她不期而遇，远远地看到她时，不由得心慌意乱起来，担心她会怀疑我故意这样和她邂逅，因此，在擦肩而过时，我的头都抬得高高的，假装视而不见。她也从来没有和我打过招呼。不过她一定也看过我在水泥场地上干活儿时的狼狈样子，光着上身，臭汗横流，像经历一场残酷的战斗。

不过我们还是因为一次意外事件而接触了。

那天阳光格外地暴，下午五点我们走向水泥场地时，就像走在滚烫的开水里，感觉有许多火辣辣的东西披在身上。我端着一个特号陶瓷茶缸，茶缸上有一行"为人民服务"的红色大字和一组知识青年在广阔的农村里战天斗地的劳动场面。这个茶缸每天都装满开水，跟随我来到场地上，我口渴冒烟时会端起它咕咕喝几口。

茶缸就放在拉紧的钢筋旁边，离我搅拌的混凝土大约有两步之远。

慧放学了。她每天都是在这个时候放学回来——说起来真是奇怪，我能听到学校放学的铃声，那种悠长而缓慢的铃声。不久之后，慧就出现在大门口。多半时候，她都是急急地走来，在路过我们水泥场地时，她就要小心多了，因为场地上有新打的水泥板或桁条，她要从这些水泥制品上跳过来。今天,她在跳过那排新拉的钢筋时,脚被绊了一下,我的那杯水就被弹回来的钢筋抽翻了,当当当的,陶瓷茶缸滚在水泥场地上。慧被惊住了,我看到她站在阳光里,脸色通红,手足无措的样子,嘴唇似乎动一动,但什么也没说。我也惊慌了,语无伦次地说,对,对不起……没烫着吧?她很不好意思地笑一下,说,我给你倒一杯。

慧跑进宿舍,拿出了竹壳暖水瓶,可她在给我的茶缸冲水时,又发生了尴尬的一幕,她的水瓶里没有倒出一滴水来。慧这次更加地不好意思了,她小声地说声对不起,又抱歉地笑了,露出了洁白整齐的牙齿。慧说,我忘了……早上就没有水了……我到厨房去打啊。慧拎着水瓶急急地往平房另一端的食堂里走,可食堂的门锁上了。慧几乎是垂头丧气地走过来,说,今天是星期天……

慧站在我对面,中间只隔着一排贴地的钢筋,两手把壶抱在胸前,纤细而优美的胳膊在阳光下熠熠生辉。她羞涩地望着我,似乎在等待我的批评。她脸上已经流满汗水了,头发贴在了白皙的面颊上,脸上的表情和眼神都是抱歉的。

没事,今天不渴。我说,你回屋里啊,太热了。

慧"嗯"地轻应一声,说,我知道,你都是到供销社的开水房打水的……慧没有再说下去,她可能知道那是我仅有的一杯开水了,而且正是上班时间,我也没有机会再去打水了。她像邻家小妹受到委屈一样,不情愿地回宿舍去了。她的不情愿,似乎缘于我没有批评她,是我的过错似的。

过了一会儿,慧又走了,手里多了几本书。按照我对她行踪的了解或推测,她现在是去晚自修的。

在天将黑未黑的时候,我们的活儿干完了,我把东西收拾在手推车上推回仓库之后,拎着铁桶在水龙头上接水准备洗澡。在哗哗的流水声中,我看到水泥场地上闪烁着淡淡的落日余晖,屋顶上方的天空已经布满金色的烟霞。暮色渐渐四合,那渐渐消褪、渐渐黯淡的颜色看上去更美丽了。隐约的,我看到那排平房的前边走过来一个人……我心里突然地激动了,那不是慧吗?她正往我这边走来。

暗紫色的暮霭从地面上冉冉升起,空气纯净如银,宁静安谧。慧的脚步轻快而有节奏,她在离我好远就大声说,我给你送水来了。

我看到她手里端着一只少见的保温杯,笑吟吟的,离我几步远就站住了。暮色此时更加的温情而柔和……

草莓香

因为写一部四十年前关于苏南地下黑工厂的剧本,需要切身地体验当地的风土人情,制片方把我安排在一个苏南小村专心创作。

小村的中间有一条河流穿过,把村子一分为二,河这边叫吴浜,河那边叫双泾。我住在吴浜这边,沿桥下去,河边有一排小平房,开着各种各样的店,有十字绣,有理发店,有小饭店,有化妆品店,还有一间形迹可疑的美容工作室。沿着河边的店铺走进村子,是许多家工厂,院墙里是高大的厂房,有轰鸣的机器声传来。再拐进另一条小巷,一直走到路的尽头,是横过来的另一条河,河边一个小院子,就是小萍家了。

小萍家是三开间的两层楼,院子不小,院子里有一排小平房,至少有六七间吧。梢头靠院子后门的那间,就是我的工作间了。

现在,我就在这间小房里睡觉、写作,吃饭是在小街上的一家小饭铺里。

正是四月,花红柳绿,油菜花盛开,春天最好的季节啊,而我却无暇欣赏这美丽的春光,天天躲在小屋里,夜以继日地工作,要赶在盛夏来临前拿出初稿。

这家的主人姓刘,是个年近六十的中年人,很精干,和女主人一起在村里的企业里上班。有一个已婚的独生女儿,三十出头吧,是村小学的老师。她便是小萍了。小萍是个瘦弱的女人,挺漂亮,也活泼,眼睛特别有神,儿子也在她供职的学校读二年级,丈夫呢,是搞桥梁施工的工程师,长年在外地,很少回来。

开始几天,我和小萍并没有话说,她似乎也没有要跟我接近的意思,偶尔在院子里见面了,只是互望一眼,连个招呼都不打。有时候只是我看她一眼,她旁若无人地直接进自家的楼房或做自己的事。但我对她却有些好感,因为她母亲介绍,她是个书法家,书法作品多次获得各种奖项。她母亲指着墙上的书法作品,颇有些自豪地说,看看,看看,我女儿写的,还有这张,这张,好吧?我点点头。她母亲继续看着我。我知道我只点点头是不够的,便大声而有力地说,很好,好字啊。她母亲笑了,脸上的骄傲是显而易见的。

周六和周日的时候,小萍家就热闹了,她招了十几个孩子,在她家楼底的客厅里学书法。我从院子里经过时,会听到她辅导孩子的说话声。她声音不高,却清脆而悦耳,很有耐心,这可能和她一直做教师有关吧。有时候呢,什么声音都没有,我从门上的玻璃望出去,原来她是在示范写字。在上午十点和下午四点时,孩子们会下课在院子里玩,他们有时候皮闹的声音很大,小萍会跑出来,把孩子们招到一起,小声耳语什么,我看到,她边说边用手指一下我的小屋。随后,孩子们说话的声音小多了,也不再追逐打闹了。我心里有些过意不去,孩子们的皮闹是天性,不能因为我在屋里写作,就扼杀他们的天性。但小萍觉得这样很好,我也不能出去纠正啊。

就这样的,各忙各的事,也还安好。一天,刚下过小雨吧,地上湿漉漉的，我把门半掩半闭着，让外面清爽的空气透进来。但是，创作上又遇到了烦神的事儿，正苦思冥想，听到院子里有脚步声，轻轻的，有些犹豫和迟疑。小萍家平时没有人，上班的上班，上学的上学，只有我一个孤独的写作者，还有一条小狗和两只小猫。脚步声会是谁呢？分明是小萍的。小萍的脚步声再次响起的时候，我心里突然升起一丝期盼，希望她能跟我说句什么。但是脚步声在我门前绕了个弯，消失了，然后是她开门声。

我写不下去了。给自己倒杯茶，把窗玻璃上的印花蓝布窗帘撩开，目光透过洁净的玻璃，穿越院子，再透过小萍家的玻璃门，我看到了小萍，她正在收拾桌子，那是学生学书法的课桌，我才想起来，明天又是周六了。我静静地看着小萍忙碌的身影。她今天穿一条裙子，一件黄色的薄毛衫，长发可能刚刚打理过，发梢略略地有些酒红色，样子很俏皮。可能知道我在看她吧，突然地转过身来，向我这边一望，明媚地笑起来。然后，她端一只小筐，到水龙头上，哗哗地洗一筐草莓。

"陈老师，吃草莓。"她端着一筐鲜红的草莓，走到我的门口，声音柔和地说，"刚摘下来的。"

我把门完全打开了，说："谢谢。"

"陈老师客气了，一个同事家园子里的……"她把小竹筐端到我面前，"来吃……"

我拿一个，放进嘴里。草莓很甜。

她看着我，问："好吃吗？"

"好吃。"

"好吃多吃几个……"她想找个地方，把小竹筐放下来，可惜我的房子太小了，也只有一桌一凳，她看无处可放，又是一笑。

我让她坐凳子上。她坐下了,有些不安地说:"陈老师你也坐啊。"我只好坐到床上。

她拿一个草莓放进嘴里,腮便可爱地鼓起来。

"今天……没有课?"我说。

"有课呢……这就走了……陈老师,草莓放你这儿啊,要吃光哦,小刘老师家的园子里多得是。"

小萍说完,起身走了,她把一竹筐草莓放在我的手里,走到大门口那儿,回身关门时,脸上还是笑笑的,还伸出手跟我调皮地摆一摆。

小萍走了,年轻、娇好的身影消失在大门外的墙角那儿,她又上课去了,走过小巷,拐上小街,从一条河上的石桥走过,就是她供职的小学校了。……她是专门送草莓来的,我心里莫名地不像原来那么淡泊,仿佛有一颗善良而深情的心在抚慰着我,一双可爱的眼睛在看着我。我默然了,看着一筐鲜红的草莓,还有洁白的墙壁,心里有一丝疑惑,小萍真的来过?刚才,小萍就坐在这张凳子上,这儿仿佛还有她年轻的容颜,还有晨露一样清甜的芳香和如玉一般的温良……

——根据梦境记录。

女特务

1

天还没有黑。

当然,天黑下来的时候,就是我们的天下了。

东昌是我们的头,他在天黑前把小会打哭了。小会是刘校长的四女儿,扎两根长长的辫子。东昌拽小会的辫子玩。小会的脖子被他拽得像鹅脖子,脸都扭曲变型了。小会当然没有轻饶了东昌。东昌刚一松手,她就张开大嘴,恶狠狠地咬了东昌的手。

现在,东昌的手上还有小会的牙印,牙印里渗出鲜红的血珠。东昌在伤口上哈口气,又吐口唾液,踢我屁股一脚,冷嘲热讽地说,去啊二侉,你不是有药箱子吗?你不是救护兵吗?你去抢救小会啊。

我不敢去抢救小会。我拍拍耷拉在屁股上的书包,那是母亲用毛巾缝制的书包——对东昌说,我给你包扎一下吧。

不用。东昌牛哄哄地说,轻伤不下火线。

现在你知道了,我是东昌的卫生员,但我喜欢小会。我宁愿做小会的卫生员——这是不可能的，东昌会把我的屁股踢烂，就像他一脚踩在牛屎上一样，那堆冒着热气的牛屎就像天女散花一样飞溅开来。我的屁股可不想变成飞散的花瓣。

天就要黑了，东昌用一根白布条吊着手，样子就像受伤的郭建光，他威风凛凛地说，天黑就行动，到南乱坑去抓特务。要是能抓到美国女特务，我就把她吊起来，用鞭子抽她的屁股。二侉你知道我为什么要用鞭子抽她屁股？

我还没有回答，东昌就说，你知道个屁！

我知道。

啊？你敢说你知道？好，你说。

我在心里想，因为美国女特务像小会那样好看。但，我听东昌的口气，没敢说。话到嘴边又改口道，美国女特务……美国女特务屁股白。

是吗？东昌眼珠子转一下，有些疑惑。但他马上就更加恶狠狠地说，胡说！

像像……我灵机一动，说，王晓妮……那样子的。

哪样子？

好看。

东昌睁大眼睛看着我，稍停，才说，你……你怎么知道？

我不知道。我瞎说的。

以后不许瞎说了。东昌又踢我屁股一脚。

南乱坑有特务，而且是女特务，这是东昌几天前就发现的。东昌捡水晶的时候，从乱坑经过。乱坑里有许多挖水晶时遗留下的坑塘，这些坑塘非常危险，不小心掉下去会扭伤腿和腰，就是摔断了脖子也有可能。女知青王晓妮就是在乱坑找水晶玩，掉进水晶塘里，把脚脖子弄伤而留下残疾的。所以，东昌经过坑塘，都会小心谨慎。他就是在这儿发现女特务的。他说他听到了发报机的声音，嘀，嘀嘀嘀，嘀，嘀嘀嘀，可找了几百个坑塘，都没有发现女特务。女特务阴险狡猾，她肯定躲到某一个塘子里了，她把那个隐蔽的坑塘当成老窝了。

东昌的话我们相信。在我们村的南边，有一个大岭，我们都叫黑色岭。岭上盛产水晶。每年冬天的农闲时节，村里人都要到岭上挖水晶。挖过水晶留下的坑塘一个紧挨一个，有深有浅，深的塘子有三四米深，就是浅塘、瞎塘，也有一米多深。这些直径大都在两米左右的坑塘，四壁都是直上直下的，很陡峭。到了夏天，就会有雨水屯在里面，大人们就再三叮嘱孩子们，不要到南乱坑去乱跑，掉下去就没命了。但是我们还会跑去玩，一来那地方地形复杂，便于躲藏和隐蔽，好玩；二来，经过夏天的几场雨，挖出来的那些金黄色泥块会被雨水冲散，一些小水晶会在阳光下闪闪发亮，耀人眼目，我会捡几块质量好的水晶玩玩。要是能下得了恒心，还能把这些小水晶打磨成弹子，那可比玻璃弹子厉害多了。不光是我们喜欢那些圆润透亮的水晶，就连下放来我们村的知青，也喜欢珍藏几块。

女知青王晓妮，就是其中的一个。她是从南京下放来的，喜欢唱《南京知青之歌》。

王晓妮摔伤以后，她不能再在生产队干活了，只好到我们学校当音乐老师。王晓妮真是天生的音乐老师，嗓子又尖又细又好听，她唱红湖水浪打浪，那浪花儿便飞溅起来，都能打到脸上了。王晓妮是我们的班主任。我喜欢听王晓妮唱歌。她唱歌时仰着脖子，手上还打着拍子，胸脯那里微微颤动着。当然，小会能和她一拼。小会唱最好听的歌是《四个大嫂批林彪》。不过小会唱歌时，不敢像王晓妮那样仰着脖子，而是含着胸的。

不知为什么，东昌不喜欢听歌。谁的歌他都不喜欢。他和音乐老师王晓妮简直是死对头。在一次音乐课上，东昌调皮地说，王老师是瘸拐，唱歌像她的腿一样，老跑调，拐到别地方去了。王老师也不含糊，直接揪着东昌的耳朵，把他拎到教室外。教室外阳光又毒又辣，东昌被晒得满头是汗，脸上刚刚崭露头角的青春痘格外红亮。

2

傍晚，夕阳遗留的一点点余晖也渐渐消退了，打谷场边的树梢隐藏在夜色中。但是，我们心里却格外的亮堂——可以痛快地玩了。

东昌对我的屁股又踢一脚，说，看，天要黑了。

东昌就是这么霸道，随便说一句话都要踢我一脚。但是当他再要去踢玉堂和小拽的时候，这两个家伙已经消失在黑暗中了。

通往南乱坑的路必经小学校。正是暑假里，学校的操场上已经长满了蒿草。东昌一马当先走在前边，依次是玉堂、小拽和我。我是东昌任命的卫生员，身上背一只卫生包，包里不光有各种药，还有三块透明如镜的水晶，每块水晶都有鸡蛋黄子那么大，样子也像鸡蛋黄子那么圆。卫生包就有了一些重量，一下一下地打在我屁股上。

慢。正在急走的东昌刹住脚，竖起右手，说，有情况。隐蔽。

我们立即躲趴在草窝里。

在我们身侧，就是学校的办公室。暑假里，学校只有刘校长一家。可他一家是住在前排食堂的边上的。学校的办公室，离他家还隔着三排教室。按说，办公室不应该有任何情况。但是，办公室里却有灯光闪了一下，仿佛黑夜眨巴一下眼睛。

看到了吗？东昌小声说。

看到了，有光。我说

是手电光。小拽说。

不是，像是有人吃烟，我爹在黑夜里吃烟就会有这种光。玉堂说。

不是，我看是蜡烛吧？我说。

你们闭嘴。东昌说，谁过去侦察一下？

玉堂踢一脚小拽。小拽又踢一脚我。我才不敢呢，我最怕鬼火。

你们都是小胆鬼。东昌说，我去！

夜虽然黑透了，黑得还不够深，天上无数颗亮晶晶的星星把光影洒下来。黑暗中，我看到东昌变成一个更黑的黑影向学校办公室匍匐前进。到了门口，黑影渐渐长高了——东昌站了起来。我猜想，东昌一定把眼睛贴到了门缝上。

时间过得真慢啊。好像很长时间了，东昌还是不回来。小拽急了，他踹我一脚，说，去看看。我犹豫着。玉堂也踹我一脚，说，就你去。我只好匍匐着，去和东昌会合。

但是，东昌对我的支援非常恼怒，他一脚踹得我打了几个滚。

谁？

屋里响起慌张声，紧接着就是杂乱无章的响动，幽暗的亮光也随即灭了。

东昌拉起我就跑了。

与此同时，小拽适时地学了一声猫叫。

我和东昌一个鱼跃趴下了。我们一动不动地躲在草窠里。

片刻之后，学校办公室的门被推开了，出来的黑影不知是不是刘校长，但紧跟着出来的，是个瘸子，无疑就是女知青王晓妮了。

是猫……别怕。高个子黑影说，把王晓妮往回推。

我们听出来了，说话的家伙果然就是刘校长。

我怕……

王晓妮的后半句话，也随着王晓妮被推进办公室而消失了。

如果我们继续潜伏下去，似乎没有任何意义了。东昌显然也意识到这一点，他用脚分别通知了我、玉堂和小拽，率领我们悄悄离开了操场。

南乱坑还去吗？我紧紧跟在东昌他们身后，说，女特务还抓不抓啦？

东昌没有回答，他被什么东西绊倒了，磕倒在地上，惹得玉堂和小拽哈哈大笑。

我立即跑过去，拉起东昌，说，受伤了吗？我帮你包扎……

东昌猛地推开我，大声呵斥道，滚！滚！一边去！

与此同时，玉堂和小拽一路大笑着跑了。

3

我在花园的桑树下抠树皮。我已经抠了好几种树的树皮了，榆树的，槐树的，枣树的。这些黑乎乎的树皮很像一味味草药。我还有一只药水瓶，里面装着我从墙上抠下的一粒粒栗色的大小均匀的沙珠，也像极了药丸。如果东昌他们有行动，我就把这些东西装进书包。我的书包就变成了卫生包，要是有谁受伤了，我就立即给他们包扎。

可是，东昌已经好多天不带我玩了。我要是偶尔在他家门口看到他，他也不睬我，而是到菜园里摘几根黄瓜，像手枪一样插在口袋里，一条腿上插一根，再搓搓手里的另一根黄瓜，"咔嚓"咬一口，夸张地嚼着，哼着不成调的歌，一个人跑了。我以为他会和玉堂、小拽在一起的。可这两个家伙变成了形影不离的死党，不是去割草，就是去爬山，眼里也没有我这个卫生员了。

我做好中药，用一张利华牌香烟纸包着，黄昏就悄悄来临了。

天气真闷热啊。还是在清早的时候，母亲就说，天要下雨了。可一直到黄昏，预料中的雨还是迟迟没来。在一声一声潮水一样的知了声中，我开始配制一种药水。我无意中从粪堆上捡到一只墨水瓶，如果这只瓶子里，装着碘酒一样的药水，我的卫生包里的药品就差不多齐全了。

我揪来几片番瓜叶，挤出绿色的汁，一滴一滴地滴在墨水瓶里。墨水瓶里已经有小半下番瓜叶的汁液了，绿莹莹的，十分好看。正在我陶醉其间的时候，我看到了一双脚。这是一双穿着白色塑料凉鞋的脚，还有光滑的小腿。这双脚真是粗心，差点碰翻我制作的药水。我抬头一看，呀，是小会。

我双手捂住药水瓶，警觉地说，干什么？

小会喊一声，很不屑地说，都多大啦，还玩……这个，真丢人现眼！

我喜欢……碍你啦？又不要你管！

喊，我爱管你。小会嘻嘻笑着，说，人家不要你做狗腿子啦？

我四周瞟一眼，没有看到东昌，也没有看到玉堂和小拽。我有些害怕。小会连东昌都不怕，连东昌都敢咬，她要是打我一顿，我可不敢反抗。我嗫嚅着，说，什么狗腿子啊？我才不是谁的狗腿子，我……我自己玩。

喊，还自己玩，是他们不带你玩吧？小会用脚踢一下我的手，什么东西？宝贝啊？

我把药水捂得更紧了。

站起来。小会用命令的口气说。

我心有不甘，连东昌都不敢这样命令我。但我还是站起来了。我一站起来，小会就弯下腰，凑近了看看墨水瓶，还用鼻子嗅嗅。小会嗅鼻子的时候，我看到她鼻子上有许多细小的皱纹，眼睛也是眯眯着的。小会的这个神态我最喜欢。小会伸出手，小心捏住墨水瓶，朝我面前走近一步，说，喝，你把它喝了。

我后退一步，看她亮晶晶的眼睛，不像开玩笑。

喝啊？

我不喝，这东西怎么能喝……

你不喝是不是？

不喝。我嘴上这样说，心里却是嘣嘣地跳，怕她捏住我的鼻子，灌我喝下去。

好，你不喝，我就把它扔到池塘里。

不不不……

好，你不喝，也不让我扔，那你答应我一件事。小会终于露出了真面目。

我看到小会光滑如瓷的脸上，突然飞上两片红晕。

什么事？

你把……你把你书包里的水晶弹子给我……

原来这么简单啊。原来她只是要我书包里的水晶弹子。那是我用透明如镜的水晶打磨而成的，一共有三颗。小会要三颗水晶弹子干什么呢？如果有五颗，还可以凑成一副，还可以和女孩子们一起玩"撒子儿"，那可是她们最爱玩的游戏了。

在黄昏的村街上，小会走在我前边，淡黄色的裙子上开着许多红色的小花，荷叶形裙边打在她的腿弯里，两根细长的辫子垂在腰上，和她的裙摆一样，随着身姿一晃一晃的。我不想离她那么近。我怕被东昌他们看到了，一定会笑话我的。但是小会似乎看出我的心思了，她扭回身，说，你快点走，走前边。快呀。

小会真是小狐狸精，她把我心里的小九九都猜到了。我只好走在前边，像被她押送的俘虏。我真怕被东昌他们看到啊。我快步向家里走去。

4

暑假结束了，夏天也跟着结束。但是，好像一眨眼时间，冬天就来到我们村庄。我的书包里不再装那些瓶子了，那些用树皮、草叶制作的药粉，也不知扔到哪里了。原因很简单，没有人再跟我玩了。似乎他们都有了事情，小拽不念书了，跟他二姑爷学起了铁匠，玉堂也退学在砖瓦厂干小工，只有东昌，还和我一样，天天赖在学校里。但是东昌也不再踢我屁股了，更不去拽小会的辫子玩。不踢我屁股不拽小会辫子的东昌，爱上了唱歌，他有事没事就留在教室里，跟南京知青王晓妮学唱《南京知青之歌》。让我们好笑的是，东昌脸上的青春痘，夏天还只是零星的一两颗，现在已经茁壮成长，初具规模了。反正，大家都变了，仿佛也是眨眼间，就变成了另一个人。

冬天里，学校搞勤工俭学，我们只上半天课。

那天下午，我准备去拾粪。我站在生产队墙报栏前，向南乱坑张望。我身后的墙报栏上，民兵营长刚刚用红土水刷上一排红色大字：深挖洞、广积粮，不称霸！南乱坑一带冈岭逶迤，杂树连绵，那些大大小小的坑塘里，会有特务吗？暑假里，东昌曾经说过有女特务的，可后来他不带我们去抓了。

小会不知什么时候从墙报栏后边拐过来。她围着一条红围巾，手里拿着包着东西的花手帕。她站在我身边，顺着我的目光，也望着南乱坑。

干什么？小会说话的口气总是那么盛气凌人。

不干什么。

你敢说不干什么。小会说，你明明朝南乱坑张望了。你说，你为什么要朝南乱坑张望？

我……我要拾粪去了。

不行，我不许你拾粪。

我想，你是校长的女儿，当然不需要拾粪了。可我要是完不成任务，王老师会批评我的。

你去南乱坑吧。小会说话的口气软了，她把手帕打开来。我看到，她那漂亮的花手帕里，包着的是我夏天时送给她的三颗透明的水晶弹子。小会说，我想再有两颗水晶弹子，要是有五颗水晶弹子，就可以凑成一副了……你，你能和我一起去吗？

天知道我为什么那么紧张。我只顾盯着小会漂亮的鹅蛋脸，看她说话时露出的玉色的牙齿和鲜嫩的口腔……我的慌乱没有逃过小会的眼睛，她看我一下，赶快躲开目光，红着脸，说，走啊。

几乎是被挟持着，我和小会一起来到黑色岭上的乱坑。这里的坑塘真多啊，一个紧挨一个，一眼望不到边，连绵起伏，高低错落。我们小心地从这个坑塘走到另一个坑塘，在沿着塘口的一圈圈红泥上搜寻着水晶。我找到一个可疑的石头，会用舌头舔一下，对着太阳望望。小会要是找一块可疑的石头，也会学着我，对着太阳望。我找的那些石头，基本上都是次等的水晶，我们叫它花石，就是晶体里带斑纹或裂痕的水晶。但小会找的那些石头，都是不透明的火石。

我们在乱坑里漫无边际地跑着。我心里渐渐焦急起来，而且越发地焦急。如果找不到两块像样的水晶，就不能帮小会打磨水晶弹子了。我看出来，小会也有些急。她脑门上都出汗了，不知是急的，还是累的。她把红围巾松开来，对我说，算了……休息一下吧。

小会在一个又深又大的坑塘边坐下，她侧身朝深塘望一眼，吸一口气，说，这么深啊。

我说，小心掉进去啊，掉进去就爬不上来了，非饿死不可。

小会翻我一眼，生气地说，你就不能拉我上来？

我也够不着你啊。

那也不怕，我就在底下住着，你送东西给我吃。

小会的想法真是奇怪。但是，这个想法还真的不错。我突然希望真能发生这样的事了。要是我每天都能送饭到这里，我每天就能看到小会了。但是，小会怎么会掉进坑塘里呢？

你能吗？小会定定地望着我，你能天天来看我吗？

我……啊？我语无伦次地说，我们……我们到那边去看看吧。

我起不来了，你拉我起来。小会耍赖地坐着不动。

我没理她，一个人朝一条岭上走去。我听到身后的脚步声和喘息声。随即，我的后背上被猛推一下。

我转头，看到小会根本不想理我。

小会试图从我身边超过去。但是，就在这时候，我发现了情况。在我们侧前方，我看到一个穿红格子棉袄的女人，连滚带爬慌不择路地消失了。小会显然也发现了这一意外的情况，她一把抱住我的胳膊，吓得脸都青了。我其实比她还怕。我想到女特务，想到妖狐鬼怪，还想到传说中的水晶仙子。但是，她的花格子棉袄似乎那么熟悉，和我们班王老师花棉袄十分地相像。难道她是王晓妮？

小会煞白着脸，惊魂未定地说，看到……看到了吗？

看到了。

我们……回吧。

不，可能是女特务，我要抓住她。我自己给自己壮胆说。我可不想让小会说我是胆小鬼。但说完，心里却更虚了。

小会说，不……

我也说不。

但是小会死死地拉住我的胳膊，她说，你……你不是说看到了吗？啊？你到底看没看清啊……她是……

我朝花格子女人消失的地方望去，那儿是岭坡上的一个凹坡，坑塘四周的土堆得很高。是啊，我是看到啦。但是，当我再次看到一个人时，让我大惊失色——从土堆后边冒出一颗人头，那颗人头瞬间变成了东昌。怎么会是东昌呢？

小会一定和我有着相同的疑问。她抓住我胳膊的手把我抓得更紧了。

东昌三步并着两步跑到我们面前，凶神恶煞地说，谁让你们来的……怎么会是你们俩？

我……我看到女特务了。我说。

胡说，什么特务。我怎么没看到？我看你们才是特务了……知道吗？我……我是来找水晶的。我都来了好大一会儿了，都没有看到女特务，你怎么会看到？滚，当心我一拳头砸烂你的狗头！东昌说着，拳头在我眼前比画一下。

我害怕地退一步，差点跌进身后的坑塘里。我知道，小会不怕他。小会的父亲是学校刘校长，小会也会把他手上咬出血。但是，小会还是怕他了。小会松开的手，重新扯了我衣袖一下，轻声说，走吧。

滚，越快越好！东昌的声音和他脸上的粉刺一样尖锐。

5

我们绕着一个一个坑塘，走在回村的路上。

小会一声不吭。我也一声不吭。我没有找到水晶。眼睁睁看到了女特务，突然间又变成了东昌。这家伙真是神出鬼没啊。可更神出鬼没的是水晶，在我跑遍冈岭寻找不到的时候，它却躲在这里——我一脚踢开一块土块。飞在半空中的土块散了，掉下来一块石头。小会捡起来一看，惊叫道，水晶！

我接过一看，果然是一块水晶，一块鹅蛋大的水晶。我伸出舌头，在水晶上舔一下，对着太阳看去，哇，晶体里一丝杂质都没有，像水一样透明。我把水晶对着小会看，对面的小会笑得多好看啊，眼睛眯眯的，越发地细细长长，都伸到鬓角里了，嘴唇和她脖子里的围巾一样地红，阳光照在她的脸上，闪耀着迷幻般的光芒。我轻声说，你……真是个女特务。

一把炒米

车厢里旅客较多,他们拥挤着,看窗外飘飞的细雨。

座位一端,坐着白发老太,她脸上有纵横交错的沟壑。

她从哪一站上来的呢?随身只有一个包,那是用花色模糊的毛巾缝制的,很旧了。一个八十岁的老人独自旅行,让人有些崇敬,有什么事需要她只身一人前往?在这样阴晦的雨天,在这样拥挤的环境。

停过一个小站之后,有一位白胡老翁挤过来了,身上披着塑料布。

他慢腾腾地把塑料布解下来,叠好。

不久,老翁从怀里掏出一把炒米,往嘴里送。他在咀嚼的时候,看一眼周围的人。蓦然地,老翁的目光停顿一下,那是一种明显的停顿,然后,和他对面老太太的目光相遇了。

是你?

啊……

两位老人的手紧紧相握。他们目光依然相对着,似乎要从对方脸上读出什么。

老太太眼中闪动的泪水正在聚积。

与此同时,老翁的眼睛也湿润了。

他们好久没有说话,四只沧桑而干枯的手越握越紧。

他们继续在对方脸上寻找着,满脸深深的沟壑里藏着岁月的风霜以及蜂拥而至的遥远记忆。

六十多年了。白发老太声音颤抖。

淮海战役,碾庄圩,你救了我……白胡老翁松开手,拿出手机,战栗着说,我收到你短信,今天去碾庄圩赶庙会……

老太把怀里的包递上去,我炒的炒米,和六十年前一样香……

小白鞋

我家池塘的码头嘴上,小梅常常来洗衣刷鞋。

小梅有一双漂亮的小白鞋,和她漂亮的眼睛一样吸引着我。我这样说的依据是,小梅的眼睛不是顶大,却细细长长很有些妖媚,偶尔瞟我一眼的时候,都是雾蒙蒙含混不清的。她的小白鞋因此在我眼前也不够真实,但这一点儿也不影响我的喜欢。我要透露给你的是,小梅的小白鞋不是女知青们喜欢穿的那种。女知青们穿的白色球鞋,是从上海买来的,有的干脆就是上海货。她们在微风习习的夕阳下散步在长满青草的小径上,和男知青的回力牌球鞋交相辉映,吸引了多少女孩的目光啊。

小梅和许多乡村少女一样,做梦都想有一双那样的小白鞋。可惜小梅没有机会得到那样一双正宗的小白鞋。小梅的小白鞋,实实在在是黄色解放鞋洗出来的。说起来,这还是小梅的一个秘密。小梅躲在我家池塘的码头嘴上,悄悄地把一双解放鞋泡在花瓷盆里,擦上肥皂,用鞋刷子刷,刷呀刷,小梅拼命刷鞋的夸张的动作和怕被别人看见的慌张的神态,让我非常好笑——小梅以为她的秘密没有人看见，小梅一直都这样自以为是。她万万没有想到，在离码头嘴不远的地方，也就是池塘的另一侧，那棵老柳树的大树丫里，躲藏着一双眼睛。小梅的一举一动，都让那双眼睛看得清清楚楚了。

小梅是我好朋友兼敌人丁三的妹妹。丁三这家伙喜怒无常，跟我一起捡破烂卖的时候，我们是割头不换的朋友。但是他有个毛病，就是不允许我上他家去。我只要到他家了——其实刚走到磨道里，他就立即迎出来，把我给轰走了。"谁让你来的！"丁三在我肩窝里捣一拳，"你就不能在南园喊一声？"丁三的拳头很重，把我捣了个趔趄，然后盯着我看。一般情况下，我的裤腰里，或腋下，会藏着偷来的白麻搓的大鞭梢，或生了红锈的车瓦，最不济也是一只塑料鞋底，这些东西可以卖到供销社的废品收购站里，卖的钱不是平分，而是让丁三拿到街上买狗肉冻子吃了，或者喝一碗漂着油花的杂烩汤。丁三会留一口给我，以示对我的奖赏。其实我不需要他的奖赏。我只想到他家去玩玩，看看小梅坐在自己的床沿上纳鞋垫的样子。但是每次都被丁三干扰了。丁三打量我几眼，恨不得看透我的皮肤，看看我的皮肤下边藏没藏着大鞭梢。这时候我的心里往往藏着怨恨，这种怨恨一条一条地滋长，越来越长，最后变成了几根大鞭梢。我想把这些大鞭梢统统抽在丁三的脸上。

后来我改变策略了。我知道小梅常在我家的码头嘴上刷鞋。

我躲在那棵老柳树下，看她端着白底红花的瓷盆，小心地踩着石阶，走到临水的那块条石上。小梅先用手划一下水，塘水亮闪闪地跳起来，然后就起伏着一圈一圈的波纹，那群戏水的小麦娘鱼，便争着钻进了丛丛莲叶中。她把盆里打上水，把小白鞋浸泡在水里——严格地说，这时候的小白鞋还不够白，还介于黄白之间。小梅是坚决要把解放鞋洗成小白鞋的。她已经洗了几水了。不，应该至少有十几水了吧？谁知道呢。我看到她洗刷这双鞋的时候，才是五月初。而现在，暑假就要结束了，这双黄色的解放鞋也真是顽固透顶，洗了晒，晒了洗，依然不能像女知青的小白鞋那样白，我都替小梅焦急了。但我发现小梅一点也不急，她依然耐心地一次次洗刷。小梅的耐心让我吃惊。她的耐心还体现在，在她没把解放鞋洗成小白鞋之前，是不会上脚穿一天的。

小白鞋（权且这样称呼吧）还浸泡在水里——应该还要泡一会儿。这时候的小梅会玩儿玩儿水。小梅脱了脚上的塑料凉鞋，拎起裙子，小心地试试水，踩在被水淹没的石阶上。我看到塘水淹没了她的膝盖。她也一下子矮了许多。我知道水里的石阶上生满了青苔，不留神会滑倒摔进水里的。小梅会游泳吗？我不知道。如果她不会游泳就会被淹死。小梅的腿长长的，洁白而丰满，略略不协调的是她的脸，干干巴巴的又瘦又黄。她从我家门口经过时，我祖母就曾说过："这孩子，一个夏天长这样高，脸却不见长啊。"我祖母的话一点儿也不对，我就没见到小梅长个子。我只见到她的眼睛细细长长的，一直伸到鬓角里。我和小梅是一个班里的同学。我们暑假过后就都升入初中了。我们就要到镇里去上学了。一想到这里我就高兴。但我们还会是同班吗？我们能够一起走在上学放学的路上吗？小梅平时不爱讲话，我有很多话都不敢问她。但是如果小梅这时候摔进水里，我会毫不犹豫地把她救上来。她的衣服一定湿透了。她说不定还呛了水。她吓得瘫坐在石码头上……当然也会哭的。就在我这样漫无边际想象的时候，小梅真的张开了双臂，腰和屁股在不停地扭动……呀，她就要摔倒了，她身体一个前倾，双手伸进了水里……还好，她最终还是保持了平衡。她重新站稳了，裙子也滑进了水里。她把裙子再次拎起来，我听到她嘀嘀咕咕自言自语。她说什么呢？"不要紧。"我听到我的声音。我吓得赶快捂住了嘴。其实我并没有说出声音来。我只是在心里说，不要紧不要紧。

小梅重新坐在码头嘴的石阶上刷鞋子了，她把湿了半截的裙子向上挽了挽。我不知道她的小白鞋刷的怎么样了。我被她裸露的洁白的腿晃花了眼。

暑假开学的前一天，我在我家门口池塘边的老柳树下等小梅。我痴痴地以为，小梅还会去刷她的小白鞋。十二三岁的女孩刚刚到了爱美的时候。我想象着穿了小白鞋的小梅多么地神气，如果她走在夕阳映照的田埂上，也会和知青们一样美丽。

我没有等来小梅。我等来了丁三。丁三在码头嘴上张望几眼，跑了。我看到丁三跑到我家门口，纵身一跃，跳到了猪圈顶上，继续四下里张望。丁三是找我的。只要我不出来，他就找不到我。丁三向村东口跑去时，我悄悄地跑到小梅家。我老远就看到小梅坐在磨嘴上。我心里咯噔咯噔地跳。其实我不应该心慌意乱。我是去找丁三的。但是我知道我心里的秘密。我知道我为什么心跳。

我越来越靠近小梅了。我发现小梅在哭。她勾着头，非常地泄气，眼泪默默地流下来。我不敢打扰小梅，我的脚步很轻。我躲在她家门口的丝瓜架下，看到小梅的那双小白鞋了。应当说，小白鞋真的变成了和女知青穿的一样的小白鞋了，如果没有见过这双鞋的变化过程，谁会相信这是一双黄色解放鞋洗白的呢。可小梅为什么会流泪？是什么事让她如此悲伤？莫非是她三哥欺负了她？小梅抬起手腕，抹一把眼泪，拿起了一只小白鞋，看了看，又恨恨地摔到了地上。

我真的不知道为什么。我真想跑过去，帮她捡起小白鞋。

捡起小白鞋的不是我，是小梅自己。这回她没有立即摔它，而是往脚上穿。小梅脚蹬手拽，脸都憋红了，把脸上的雀斑都憋出来了，还是没有把小白鞋穿到脚上。天啦，小白鞋被她洗小了——也许是她的脚长大了。从五月，到现在的八月末，四个月了，正在长个子的小梅，脚也跟着长大了。

小梅再次恨恨地摔了鞋。

小梅赤着脚，跑进了屋里。

那双小白鞋，一只在磨道里，一只在磨嘴上。那是一双多么漂亮的小白鞋啊。

跑

崔家树是渔烂沟村最能跑的人。崔家树的能跑，不是体现在他需要追赶什么，或被别人追赶的时候，而是体现在他日常生活中。如果崔家树坐在家里的磨嘴上，他貌不起眼又萎靡不振，没有人相信他是一个健步如飞的青年，甚至认为他是个病鬼——脸是烟灰色的，眼睛发暗，印堂发青，嘴唇发黑。总之，给人的印象就是不健康。但是一旦迈出门槛，他就换了一个人，撒腿跑起来。他到西湖去挑一捏草，是跑着去的。他到南湖去锄地，也是跑着去的。他到北湖去摘瓜，依然是跑着。他的两条腿，只要处在走路的状态，必然是跑。

崔家树的能跑，有几个段子最为著名。其一是，他在西湖割小麦——西湖有他家一块十七亩的小麦田。十七亩啊，听起来是个大数字了。但是小麦歉收，四周都叫水淹死了，只在地当央，有一亩左右还能收到粮食。崔家树不用一个上午，就把小麦收好了，连草带粮，只有一挑。崔家树正准备挑着粮草回家，看到一只灰色的野兔，从远处跑来，在冈头上望望。崔家树看到兔子，扔下担子，撒腿追去。这只兔子活该倒霉,遇到了比它还能跑的崔家树。追赶是从临近中午开始的,在西湖大片的地域里,崔家树对一只兔子进行了穷追猛赶。兔子穿过一条小河,他也跳过一条小河,兔子钻进茅草窝里,他的长腿几乎是在草尖上飞翔。就这样,一直跑到天傍黑,这只兔子实在跑不动了,一头撞到河堆上,死了。兔子是累死的。崔家树走到跟前,拿脚踢它一下,骂道,跑啊?狗日的,追不死你!其二是,四月初八到海州赶会,路过财神庄时,庄上几个贼头,看到田边小路上,有个人一路跑来,又一路跑去,怀疑他身上一定有大钱,否则,为什么一直疯跑呢?几个贼头决定骑驴去追。结果,越追越远,只好放弃。

几年后,小日本打进中国,崔家树家日子越发不好过了,小生意不能做,家里十几亩薄田,收不到几粒粮食,老老少少七八口人,就指望他给大户人家做短工过活。他表哥朱大武是共产党八分区三连指导员,在这一带从事抗日活动,动员崔家树扛枪打日本鬼子。崔家树说,日本鬼子该打,但是我家兄弟就我一个,我要是被日本鬼子吊死活剥了皮,谁管我妈吃喝?他表哥朱大武朝他望望,说,也对,你把大姑照顾好,就是对革命的贡献。朱大武的大姑,就是崔家树的妈。崔家树还不知道,他母亲,已经为革命干了不少工作了。

有一天,崔家树在海州大地主杨家水田里干活,午饭时偷偷留半块饼,跑回家送给母亲吃。半道上,看到一队日本鬼子,沿着沟底,直奔王荡方向。崔家树不敢多看,躲着日本鬼子跑到家,把路上的事对母亲说了。母亲一听,急了,说大武他们在王荡王家祠堂里开会,鬼子肯定是去捉他们的。崔家树说,好办,我跑去跟表哥说一声。母亲知道他腿快,又怕日本鬼子的子弹比他跑得还快,就嘱咐他路上小心,日本鬼子的枪子儿都长眼睛,别叫日本鬼子枪子儿看到。

崔家树拿出追兔子的速度，在天将黑未黑时，跑到王荡村后。一直溜在沟底的一大队日本鬼子，发现一个人影，箭一样往村子飞去，知道这次偷袭败露了。鬼子从沟底跳上来，站成排，举起三八大盖，一起向崔家树开火。

枪声惊动了祠堂开会的八分区三十多名抗日干部，他们迅速撤出了村庄。朱大武撤退时，看到那个在田埂上奔跑的人影，知道是表弟崔家树。但是情况危急，他也不能去接应，只好又返回祠堂。不消片刻，崔家树就跑到祠堂门口。朱大武一把拽住他，向另一方向狂奔而去。

转移到安全地带后，崔家树查看自己的裤子，发现大腰裤肥大的裤裆和裤脚上，共有九个枪眼，硬是没伤着他一块皮肉。崔家树说，都说我能跑，还是没有鬼子枪子儿快，我操！

但是，子弹都追不上崔家树，还是在四乡八镇传开了。崔家树一时成为传奇。

附记：崔家树因为帮新四军送情报，家是不能待了，只好跟着表哥朱大武，当了一名新四军战士，成为新四军八分区的侦察员。

白 塔

　　我外祖母的娘家在白塔埠。小时候，我常听外祖母讲白塔埠的故事——

　　很久很久以前，白塔埠大部分地方还在一片汪洋中，只有土城一带的冈岭还和大陆连成一片。

　　站在土城远远望去，在海天缥缈间，朐山在汪洋中时隐时现，仿佛漂浮在海上的一叶小舟。

　　土城一带的沿海缺少天然的海岛屏障，每年的台风和雨季，狂风怒号，几丈高的海浪滚滚而来，卷走沿岸大量的泥土和庄稼，有时连人和牲畜也不能幸免。几乎每户人家，都有人口遇难和牲畜死亡。

　　某年春，土城一带来了一位方士，他游走四方，见多识广，长相也仙风道骨。到了土城后，就住了下来。

　　方士了解土城人民的苦难后，详细考察了土城沿海的风土人情和民风民俗。方士认为大海里经常巨浪滚滚，滔天蔽日，毁坏堤岸，卷走庄稼人畜，是东海白龙精作怪。据方士讲，有一天，他在海边观潮，果真看到白龙精从海里探探头。方士就和当地的名门望族一起，集巨资，在高大巍峨的土城南门外，修建了一座白塔——只有白塔才能降住白龙精。

白塔建好后，一连几年，果然风平浪静，土城一带风调雨顺，庄稼丰收，商贸发达，成为附近十乡八里的商贸中心。一时间，土城十分地繁华。土城人对白塔也更加地迷信和崇拜，年年给白塔加固，还在土城外建庙修殿，敬香朝拜。

说来奇怪。白塔建好以后，往年气势汹汹的大海不但平静了不少，还逐年东退，形成了大片大片的滩涂。

又过几百年，大海一直退到了十几里外，当地的老百姓再也不怕海浪的侵害了，相反的，还萌生了对大海的怀念。好在，离土城不远的南边，退去的大海形成低洼的陆地，有一条内陆河流注入大海，许多内陆的商船都停靠那里，和海上的商船及周围的商人做贸易，土城一带的大户人家和商人商贩也在那里建房开店，渐渐形成了集市。由于这一带是新兴的水陆集镇，又由于离土城白塔只有十几里地，当地人就称白塔埠。

这就是今天白塔埠的来历之一。

白塔埠开埠之后，商贸日渐繁华，土城日渐衰落，白塔由于年久失修，终于在一次大地震中坍塌了。

月季花红

双月的四个姐姐依次叫大梅、大兰、大竹、大菊。老吴可能没有想到他会一连生五个丫头,以为梅兰竹菊怎么也够用的了,偏偏第五个孩子还是丫头。老吴半夜里在月光下吃烟,门旁的那丛月季花正好开放,花团锦簇地散发着芳香。月上林梢,花香满园。老吴虽是个大老粗,还是装出斯文人的样子,吃完最后一口烟,在鞋底上磕磕烟袋,转头对月子里的老婆大吼一声,就叫双月吧。然后,又得意地自己对自己抒情道,月季花开的月夜啊……

双月以前的样子我不记得了。当我记得双月的时候,我手上的三道疤痕已经和她有关了,一道是被她两排洁白的牙齿咬出来的,另两道是被她猫爪一样尖利的手指抓的。其实,我还比较幸运,跟她坐同桌的尹文才更是遭殃,胳膊上、手上累累伤痕。我们都知道双月打人不计后果,班上的男生没有一个不怕她的。但是,我们都不由自主地喜欢逗她。她有一双狐狸眼,尖下巴,红嘴唇,就像反特故事片里美丽的女特务。她坐在我前排,有两根长长的辫子,只要她直起腰来,辫子就会放在我桌子上,我会用手里的图钉,把她的辫梢钉在课桌上。接下来的故事你就知道了,我手上又多了一条血印子。

双月家墙头边,是我上学的必经之路。她家院子里的月季花开满一树,从墙头上挂了下来,一片耀眼的红,再加上露水在毛茸茸的花瓣上滚动,水淋淋地动人心魂。

真好看啊,我在心里感叹着,不由得伸手摘下一朵。

在我伸手摘第二朵时,双月就像潜伏已久的特务,突然从门里边闪出身来,大声呵斥道,要死啦!

我还没来得及逃跑,她已经蹿到我面前了,在我手背上啪啪就是两掌,还顺着巴掌的节奏,说,叫你摘,叫你摘。

等我醒过神来撒腿要逃时,我的手已经被她逮住了,她动作很快地在我手上咬了一口。

还好,这回我的手背上没有流血,但是已经布满各种形状的红印子了。

我一边往学校走,一边不停地在手上哈气,以此来减缓麻辣辣的疼痛。

双月几乎是小跑着赶上来了,她从我身边走过时,幸灾乐祸地说,活该!

我看到双月的辫梢上,多了两朵月季花。月季花非常抒情地在她腰上荡来荡去。这一点也不奇怪,月季花就是她家树上开的嘛,她不臭美谁臭美。

那两朵月季花仿佛她的眼睛,看到我在看她了。她转回身,退着走两步,说,不怕害眼啊,看什么看!

双月甩过辫子,摘下花,往我身上一扔,说,还给你,这回扯平了吧。

我看到双月在我手上瞟了一眼。

整整一天，我都闻到双月辫子上月季花的香味，那是一种独特的芳香，虽然是淡淡的，却充溢着华丽和富贵。

这年冬天，双月家三株连体的月季树，被老吴砍了一棵。说起来，砍树的理由非常可笑，无非是老吴要用它做锹柄，一时又找不到可手的树棍，看着三棵笔直而结实的月季树，忍忍疼，砍了中间最粗的一棵。双月在湖里拾草回家，看到老吴的暴行，连哭带喊地说，刽子手，刽子手……

让人惊奇的是，来年春天，双月家院子里的月季花开得更多更大了，远远望去，似锦的红花明丽耀目。不知什么原因，我还是充满破坏的欲望，经常潜入双月家的墙外，摘下几朵月季花，也没有什么明确目的，走到半路上，不是把花扔到柴沟里，就是趴在一步桥上，把花瓣揉碎，一把一把地撒在河水里，看花瓣随着河水漂走，看小鱼儿追逐咬啄，很是开心。

有一次，我正在把几朵月季花往柴沟里扔时，被双月看到了。糟了，她肯定不会饶过我的。我不禁害怕起来。奇怪的是，她看见了，就像没看见一样，从我身边悄然走过。我悬着的一颗心还是没有放下，以为这不过是她放的烟幕弹，更大的阴谋诡计可能还在后头。

但是，接下来的一天相安无事。

更让我感到不可理喻的是，在上作文课时，她居然转回头来，要我的作文看。

她依然那样霸道，没经我同意就拿过我的作文本，说，拿来给我抄抄。

我作文的开头是这样写的，东风万里红旗飘扬，毛泽东思想光芒万丈，我们鱼烂沟村和全国形势一样，到处月季花红，歌声嘹亮。

她瞅儿眼，说，什么啊，老师让写黄帅反潮流，你怎么尽是写景抒情啊。

我不想跟她争执，我自从上初一开始，作文都是这样写的。

她把作文本还给我时，我看到她小拇指的指甲盖是紫红色的。

看什么看！她缩回手，脸红一下，小声说，花瓣涂的，好玩。

她脸红的样子让我发现了。我不知道这是为什么。紧接着我还突然发现，她已经好久没有打人了，不光是我，她谁也不打了。我们还是那样玩闹，那样调皮，但是，她再也不理会我们了。

我还是那样贪玩，照样在上学放学的途中，蹩到她家墙根，伸手够她家院子里的月季花。

那天早上，我刚折下两朵，还想再折两朵时，双月出来了。双月望我一眼，没有制止我，似乎还和善地笑一笑，悄然走开了。双月异常的举动，让我回味良久。我跟在她身后，不时地看着她，看着她谨慎地走着路，看着她两根长长的辫子在腰上轻轻晃荡，一种少年好奇之心油然而起。我紧走几步赶上她，准备把手里的月季花插到她辫子上，然后准备挨她的责骂和追打，就像去年经常发生的那样。奇怪的是，当她发现我的企图后，并没有像我预想的那样，只是瞟我一眼，说，拿来。

我乖乖地把月季花送到她伸过来的手上。

双月羞涩地一笑，把花儿别到辫子上，踮着步子，小跑着走了。

当双月的身影越来越远时，她辫梢上的花儿却越来越大，我心中甜蜜的情绪也越来越浓……

古巴糖

瘸三奶奶的古巴糖被谁偷吃了。

瘸三奶奶的古巴糖盛放在那只青花瓷罐里。打了紫铜补丁的青花瓷罐,放在瘸三奶奶的枕头边上。瘸三奶奶日夜守着青花瓷罐,日夜守着半罐古巴糖。瘸三奶奶会在早上起来,挖一匙古巴糖,冲一碗开水,滋滋咂咂地品尝着。瘸三奶奶把古巴糖当做命根子,守得严严实实,连老鼠都奈何不得,可还是被谁偷吃了,偷得一点不剩。

青花瓷罐里空空的,两根铜钉的缝隙里沉积着油黑的灰垢。

瘸三奶奶坐在矮墙边的阳光里,呼天抢地地哭。瘸三奶奶已经没有眼泪了。也许是她太老了,泪水早就流干了,因此,人们只听到干涩的哭声。瘸三奶奶一边哭,一边伸出两只巴掌,左边一掌、右边一掌地拍打着地面,地上的灰尘腾空而起,在阳光里闪闪烁烁,像精灵一样跳跃。人们只听到瘸三奶奶号号啕啕地哭,很长时间,她才数出了嚎哭的理由——古巴糖被偷了。

我母亲在推磨。我母亲一边推磨,一边听瘸三奶奶的哭,当我母亲听到瘸三奶奶说到古巴糖、说到古巴糖被哪家挨千刀的偷吃了之后，她松一口气，停止了推磨。我母亲看都没看我一眼，就拎着推磨棍走到我跟前了。我母亲伸手把我揪了过去，说，把嘴送过来。

我没有偷瘸三奶奶的古巴糖，所以我不怕。我仰起脸，张大着嘴，等母亲来闻。我母亲没有立即闻，而是盯着我看了一小会儿，然后才闻一闻。我母亲拧一下鼻子，说，你吃韭菜啦？谁让你吃韭菜的，你是不是怕我闻出你嘴里的甜味？母亲看我摇摇头，说，玩儿去吧。其实，母亲看我的时候，她就知道，我没有偷瘸三奶奶的古巴糖。

我撅着屁股跑了。

我幸亏没偷古巴糖，否则，我的屁股又要疼几天了。我的屁股不疼，它就自豪地撅起来了。

我往祠堂方向跑，说不定丁文革又朝祠堂的粉墙上尿尿了。祠堂的粉墙上新写了一行黑字——把批林批孔斗争进行到底。我们会站成一排，往墙上撒尿，看谁尿得高。只有丁文革能尿到笸斗大的黑字上面。但是，我没有看到丁文革，却听到他杀猴一样的尖叫。丁文革的父亲是个退伍军人，揍起儿子来，拿出在部队格斗那一招，不容得对方还手，就把丁文革撂倒了。其实，他过高估计自己的儿子了，他随便用什么招数，丁文革都是不敢还手的，他毕竟还是个十二三岁的孩子，所以，丁文革的父亲没必要先下手为强，把丁文革当成强大的敌人。

叫吧叫吧，丁文革，你活该！我在心里说。

然后，我来到丁胜利家门口，在丁胜利家的枣树下转圈子，找树上的一只知了。我转了一圈儿，转了两圈儿。我只听到它在树上叫，可看不到它。枣树的叶子又厚又密，把知了藏住了。我手里拿着一架弹弓，弹弓里包着石子，可我转有一百圈儿了，转有一万圈儿了，脖子都酸疼了，还没有发现目标。

锅大肚子，你干嘛？

小会不知突然从哪里冒出来，她也歪着脑袋往树上望。

我不想理她，她叫我外号。我的外号叫郭大肚子，就是因为我肚子大，能吃，可她偏偏叫我锅大肚子，好像我的肚子就像一口锅，生产队牛屋里煮牛饲料的那口特大号铁锅。这丫头嘴巴太厉害了，叫我外号的外号。

锅大肚子，你是不是偷了瘸三奶奶的古巴糖啦？

胡说。我几乎是恶狠狠地说。

好啊，你也说没偷，丁文革也说没偷，丁胜利也说没偷，我就不信，瘸三奶奶的古巴糖，还能叫老鼠吃啦！

小会生一双狐狸眼，她一边尖声地说话，一边看我的嘴，她好像能从我的嘴巴里看到一撮古巴糖。

我没偷就是没偷，你不要看我嘴巴，我嘴巴里吃了韭菜，我用韭菜卷了两张煎饼吃了，韭菜卷煎饼，真好吃啊。

我说你就是锅大肚子，韭菜卷煎饼有什么好吃的，难吃死了。

小会说完，向瘸三奶奶家走去了。瘸三奶奶家在池塘的边上。祠堂门口的池塘周围，住着好几户人家，我家，小会家，丁胜利家，丁文革家，其中也有五保户瘸三奶奶家。瘸三奶奶的哭声还在继续，也许是哭累了，她哭声不像先前那么尖锐了。瘸三奶奶现在的哭声像一阵风，呜呜地吹过来，没有什么力气，却是持久的——天知道她能哭到什么时候。我看到小会的辫子搭在肩膀上，黄黄的辫梢一甩一甩的。小会是个爱管闲事的女孩，在我们班已经出名了，本来老师没叫她当班长，可她管闲事比班长还多，老师只好让她当副班长了。她现在又要管什么闲事呢？她还能把瘸三奶奶的古巴糖给找回来？

瘸三奶奶丢了青花瓷罐里的古巴糖，有两个人挨了揍，丁文革和丁胜利。丁胜利的屁股被她母亲用鞋底揍肿了，丁胜利瘦小的、尖尖的、皮包骨头的屁股不经打，几鞋底就皮开肉绽了。丁文革就不用说了，他吃了他父亲的好几个背摔，吃了好几个狗啃屎。丁文革和丁胜利都不承认他们偷了古巴糖。

只有我没挨打，这可是例外的。不过，这次我可是真的没偷。

我和丁文革、丁胜利三人是经常偷东西的，我们别的不偷，只偷瓜桃李枣，谁家菜园里有好吃的，都逃不过我们的手心，为此，我们三人经常挨大人们的揍。要不然，小会怎么会怀疑到我头上呢。也许，在小会看来，我们是惯偷了。

这一天，毫无预兆的，我被丁文革和丁胜利绑在枣树上了。丁文革腰里别着一支链条枪，丁胜利的胯上拖着一把指挥刀，他们两人联手，三下五除二，就把我摞倒在地，反手绑到枣树上了。他们逼问了半天，问我偷没偷瘸三奶奶的古巴糖，我都说没偷。丁胜利要朝我身上撒尿。丁文革说，再等等，给他最后一次机会。

我几乎讨饶地说，我没有偷，我就是没偷，我要是偷了古巴糖，我妈会用推磨棍抽我的。

丁文革说，你不要以为你在你妈那里能蒙混过关，也想在我们这里蒙混过关。你没有偷古巴糖，瘸三奶奶的古巴糖还能叫鬼吃啦？我们也不是没吃过古巴糖，我们就是不想让你独吞，我们就是想让你分一小撮给我们，是不是丁胜利？就一小撮，我们好久没尝过古巴糖了，你给我们尝一撮，甜甜嘴，行不行？

丁胜利更是一边伸长了脖子咽唾液，一边说，我要是吃不到古巴糖，我就白挨打了，我屁股都成马蜂窝了，到现在还疼哩，你这个郭大肚子，你肚子太大了，该不是一口就吃了半罐古巴糖吧？

我连古巴糖的味都没闻到。我说。

你把嘴张开来，让我闻闻。丁文革说。

我张开了嘴。

丁文革只把头凑过来一点，就说，你嘴里臭死了，你是不是吃屎啦？你是不是偷吃了古巴糖，怕我们闻到甜味，又吃了几口屎？

不会，我没吃古巴糖，我也没吃屎……

狡辩！丁文革从腰里拔出链条枪，想了一会儿，阴阳怪气地"噢"一声，用链条枪在我脑壳上敲一下，说，我知道了，你这家伙是不想跟我们玩了，做了叛徒了。原来是叛徒，你这个叛徒，你说，是不是叛变啦？你投靠了谁？是不是投靠了丁小会？你把古巴糖偷给了丁小会……

我抢过丁文革的话说，我没有叛变，我还是你们一伙儿的，你们别再说了，叫你们一说，我也想吃了，我都好久没吃过糖了，就别说古巴糖了。

丁胜利"唰"地一下抽出指挥刀，在我头上比画了一下，说，看来不给你点颜色看看，你是不会拿出古巴糖了。赶快老实坦白，古巴糖藏在哪里，不然我把你的脑壳子剁下来做夜壶。

我差不多要哭了。我明知道丁胜利的刀是木头的，可剁一下也是非常疼的。还有丁文革的链条枪，要是装上子弹（火柴棒），能把我脸上打一个洞。我情急之下，说，小会也问过我了，小会都相信我没偷古巴糖，你们还不相信我。

丁文革突然哈哈大笑起来。丁胜利也跟着笑了。他们捂着肚子，在地上打转。

果然是叛徒。丁文革说，果然投靠了丁小会。

他说小会……他是不是说小会啦哈哈……丁胜利笑得说不下去了。

看来，你是死也不交出古巴糖了。丁文革说。

看来，你是一定要独吞古巴糖了。丁胜利说。

我知道我说漏了嘴，我要被他们笑话了。我看着他们狞笑的样子，差不多要哭了。我说，谁说小会啦？

你说小会，你说小会是不是？丁文革拿着链条枪继续敲着我的脑壳，敲一下说一句，你跟她说话？笑死我了，你知道小会现在做什么吗？告诉你，小会她到处捡破烂了。她是一个捡破烂的。她捡破烂都捡到后大桥了，都捡到别的村子里了，她父亲在供销社废品收购站收破烂，她也要成破烂王了，哈哈……

我的脑壳上被丁文革敲得咚咚响。我摇着头，想躲着他。可我躲不过去，我的头再怎么摇，他的链条枪都能找到我的脑壳子。

我没偷古巴糖，看来丁文革和丁胜利也没偷，那古巴糖是谁偷的呢？莫非是小会偷的？我被我的想法吓了一跳。我的胆子也太大了，居然想到了小会。想到小会，我也便开始注意她，她果然到处捡破烂了，她捡碎玻璃片、捡烂绳头、破布条、锈铁钉，还有旧鞋底。她有一只小漆桶，她拎着小漆桶在村边、沟嘴、小学校操场的草丛里，到处左顾右盼、寻寻觅觅，我远远地望着她，觉得古巴糖真的就是她偷的了。

如果真的是小会偷了古巴糖，那就太好了，我可以把这个惊人的消息告诉丁文革和丁胜利，他们两人就不会仇视我了，就又会让我跟他们一起玩了。因此，我一有时间，就会跟踪她，当然，我只是远远地望着她，我并不敢靠近她，我怕她发现了我。

有一天，我没有看到小会，却看到瘌三奶奶在她家磨道里转，没有一颗牙的嘴里在不停地嘟囔什么。瘌三奶奶头发全白了，有人说她七十多岁了，也有人说她八十多，小会干脆说她有一百岁了，她腰也弓了，一双小脚只能走半尺远，一挪一挪的。她没有推磨，在磨道里转什么圈儿呢？我慢慢靠近她，我看到她眼窝里堆着的眼屎，好像还有一挂鼻涕。她站住了，神思恍惚地看着我，说，大路，你是大路？你说我家小白哪儿去了呢？大路你去帮我找一找，把我家小白找来，我家小白可勤快了，一天下一个蛋。

癞三奶奶的话，我只听懂一半，她说的小白，就是她家下蛋的那只白母鸡。那么大路是谁呢？是她家的另一只鸡吗？可她家只有小白一只鸡啊。要不就是她家别的什么家畜了。无论如何，她把我当成大路，肯定是认错了。

我不是大路。我说。

你这孩子，你不是大路，你还能是我家小白？

癞三奶奶从磨道转下来了。她不在磨道里转，又围着门口的水缸转了。癞三奶奶一边转圈儿一边看着我，说，小白你这孩子，也不听话了，你怎么不去帮我找找大路？我家大路一天没回家了。

她又把我当成小白了。我哑然失笑。我在心里说，癞三奶奶糊涂了。

我大声说，我不是小白。

你不是小白是谁？你不是小白，你还能是……我的古巴糖被人偷了，小白才不吃古巴糖了。说到古巴糖，又勾起癞三奶奶的伤心事，她扶着水缸，挨挨蹭蹭地坐下了，她一坐下就拍着腿哭了，我的小白呀，我的古巴糖……

我的小白呀，我的古巴糖——

癞三奶奶越哭越伤心，鼻涕眼泪全下来了。我不敢看了，我不敢再在癞三奶奶家的矮墙边看她哭了。她家那只下蛋的白母鸡没有了，她把古巴糖和白母鸡连在一起哭了。这可能是她最近遇到的最伤心的事了。我要赶快离开，不然，她会赖我偷她家的白母鸡的。就在我腰一弓，准备狂奔而去的时候，我看到瘸三奶奶家的锅屋里，大摇大摆地走出一只白色的母鸡。这不就是瘸三奶奶的小白吗？

瘸三奶奶家的小白没有丢，她是真糊涂了。

咯，咯，咯咯咯大——

小白可能刚生过蛋，自豪地叫起来。我看到瘸三奶奶慌忙爬起来，不迭声地说，我的小白，我的小白……我的乖乖小白……

小白并不领情，咕咕咕地跑了。

瘸三奶奶的古巴糖被人偷了，她伤心透了。

一个声音在我身后响起来，她竟然是小会。小会是什么时候站到我身后的呢？我可不想再让丁文革和丁胜利他们笑话了。我冲小会呸一口，跑了。

小会又在我身后突然出现了。小会一直都是这样，她不知道就会从什么地方冒出来。小会拦住我，说，你这里转转，那里转转，怎么不去割牛草？

生产队不收牛草了，你又不是不知道。我看她满头是汗的样子，说，你不是也到处瞎转吗？

小会说，你才是瞎转了，我……我干什么不要你管！

小会穿一件洗旧了的圆领衫，白底蓝花的圆领衫略显肥大，高挑的脖颈和瘦长的胳膊更显细长，她的方口布鞋上落满灰尘，光洁的脑门上贴着一缕头发，眼睛闪闪发亮地看着我。我心里有点哆嗦，不知道她又生什么坏主意了，她和丁文革，还有丁胜利是一路货色，经常迫害我。

我知道你干什么的。我噫地一笑，口气很轻蔑。

知道也不怕你。小会也噫地一笑，把手从背后拿出来。她手里果然拎着一只小漆桶，我捡破烂又怎么啦？我捡到一支链条枪，你想不想要？

链条枪可是个宝贝，丁文革不就是有一支链条枪，才敢在我们面前横行霸道嘛。

小会从小漆桶里取出一支链条枪，在我眼前晃一下，说，你看看。

这是一支生了锈的链条枪。可生了锈的链条枪也是链条枪啊，顶针、拉簧、手扶拖拉机链条的枪筒、钢筋弯曲的枪把，一样不少，只要把它摔一摔，在石头上打磨打磨，然后再在煤油里泡上一夜，就跟丁文革那支链条枪一样威力无比了。

送给你。小会说。

我刚想伸手接，又想到，这不会是个阴谋吧。

我把伸出去的手又缩回来了。

不要紧，说给你就给你，不过，你得帮一个忙，你得帮我把南沟里漂着的那双鞋底捞上来，那是一双胶鞋底，你知道胶鞋底卖多少钱一斤吗？七分，两只鞋底快有一斤了。

原来就是捞一双鞋底呀，真是手到擒来。

我和小会来到南沟，隔着岸边的柳条，我看到那双胶鞋了，它漂在池塘中间的水草上，那丛水草紧挨着水中小岛，小岛上胡乱地长一些杂树，阳光透过那些杂树，把怪异的阴影投射在水中，有瘦而小的黑蜻蜓和黑蝴蝶在那里飞来飞去。不知从哪里得来的印象，我觉得黑蜻蜓和黑蝴蝶总有一股子妖气，似乎和鬼魅紧紧相连。我害怕了，我一害怕就想起水里漂起一朵莲花和一只秤砣的传说，那是冤屈的水鬼在作怪。

你怕啦？小会说。

那有什么好怕的，不过我可不想为你效劳，我也不要你那支链条枪了。

我弯腰捡起一块土坷垃，朝水中的胶鞋扔去。土坷垃没有击中胶鞋，"乓"地落在水里，溅起水花和一圈一圈的波纹。

改天我再把它捞上来。我说。

胆小鬼！小会说，气鼓鼓地看着我。

"乓"，水里又溅起水花，这可不是我扔的土坷垃，我心里一惊，刚想跑，乓乓乓乓又溅起许多水花了，一阵混乱的笑声在不远处的柳丛里响起，接着就是丁文革和丁胜利哦哦噢噢的怪叫，看到喽，看到喽，噢噢——看到喽——

我脸上火突突的，这下完了，我的面子丢光了。

小会气恼地捡起土坷垃，向丁文革和丁胜利扔去。小会太没有力气了，土坷垃落在离他们很远的水里。丁文革和丁胜利钻出柳树丛，怪叫着跑了。小会跺着脚，也走了。我看到裙子快乐地拍打着小会的腿。

我的小白呀，我的古巴糖——

瘸三奶奶的哭声喑哑、遥远而苍茫。我已经习惯了瘸三奶奶的哭声了。我在瘸三奶奶的哭声里，漫不经心地这里走走，那里看看。丁文革、丁胜利那个群体已经彻底不要我了，小会的链条枪也不会送给我了，说不定已经被她当成破烂卖了。我用弹弓打知了，或者扛着扫帚扑蜻蜓——没有人跟我玩儿，我只能自己跟自己玩儿了。

这回我看到了小会。

小会从丁胜利家的笆杖边一路溜过去。丁胜利家的笆杖上爬满了牵牛花，红的、蓝的、紫的，在大太阳下艳丽而夺目。我是一抬眼就看到她的。小会在我的印象里，一直都是鬼鬼祟祟，就像电影里的女特务，她沿着丁胜利家的笆杖，往瘸三奶奶家方向跑，她急匆匆的样子是干什么去呢？难道她要去偷瘸三奶奶家的破烂？这是完全有可能的，因为在她闪身跑过的时候，我看到她天天拎在手里的那只小漆桶了。

小会经常责问我，为什么要偷瘸三奶奶家的黄瓜，为什么要偷瘸三奶奶家的小枣，为什么要踩烂了瘸三奶奶家的蕃瓜，就是没影子的古巴糖，她也怀疑是我干的。现在我算是明白了，小会就是贼喊捉贼，她自己干的好事，还偏偏往别人身上赖。我决定戳穿小会的把戏。想到我马上要戳穿小会的把戏，我就不由得兴奋起来。我也一路躲闪着，悄悄地来到了瘸三奶奶家的矮墙边。我潜伏在矮墙边那棵凌霄花下，看着小会究竟要干什么。

我没有看到小会，但我相信小会肯定会来的，说不定她已经钻进瘸三奶奶家的堂屋了。瘸三奶奶在磨道里转着圈子，她面色呆滞，嘴里依然叨叨着那句话，我的小白呀，我的古巴糖。

小会从瘸三奶奶家堂屋钻出来了，她大大方方地走到瘸三奶奶身边，拉拉瘸三奶奶的衣袖，大声地说，三奶奶，三奶奶。

谁呀？你是谁呀？你是小白呀？你看到我家大路没有，是你偷了我的古巴糖？我的古巴糖可甜了，你不要看我的古巴糖黑，就像黑狗屎一样，它甜呀，能把你的牙甜掉了。

三奶奶……

你大点声，我耳朵聋，听不见。

你的古巴糖没有丢，没有人偷你的古巴糖，你的古巴糖还在瓷罐里。小会趴在瘸三奶奶的耳朵上，大声地嚷着。

瘌三奶奶这回听清了。瘌三奶奶的口水流下来了。瘌三奶奶说，你说好玩的吧？我的古巴糖，一粒都不剩下了，被哪家挨千刀的偷了。

不，你看错了，全在瓷罐里，我去拿来给你看看。

小会说完，转身跑回瘌三奶奶的堂屋里。一会儿，小会搬出了打着铜补丁的青花瓷罐。

瘌三奶奶抱过青花瓷罐，乐了。瘌三奶奶伸出两根干枯的手指，在罐子里捏一下，送到嘴里，唔，甜，是古巴糖，呵呵——我夜里又有东西甜甜嘴了。

小会看着瘌三奶奶，灿烂地笑了。

小会你真是个好孩子，我真是个没用处的人了，我的眼睛真的花了……

我扑蜻蜓一直扑到南沟边。我嘴里已经含着好几只蜻蜓了。我还想扑更多的蜻蜓。

南沟的上空，飞着无数只蜻蜓。

我又看到瘦小的黑蜻蜓了。水中小岛上的杂树丛中，有许多只黑蜻蜓，像幽灵一样飞飞停停。那就是水妖变的了。我这样想着，再看那双漂在水草上的胶鞋时，那双破旧的胶鞋已经不见了。我本来是想捞起那双胶鞋的，我想捞起胶鞋送给小会，可它居然不见了。我心里揪了一下，莫非真是水鬼送上来的诱饵？我庆幸那天没有下水，不然，我就被水鬼拉下去了。可是，且慢，那双胶鞋是不是叫小会捞上去了呢？不可能吧，池塘里的水是那么深，小会她会游泳吗？